# Le jour où Maya s'est relevée

Conseil éditorial : Pascale Senk
Suivi éditorial : Bleuenn Jaffres
Correction : Marie-Laure Deveau
Maquette : Patrick Leleux PAO


10, place des Cinq-Martyrs-du-Lycée-Buffon
75015 Paris – France

ISBN : 979-10-285-1573-7

ROMAN BIEN-ÊTRE

Céline **Mas**

# Le jour où Maya s'est relevée

LEDUC.S PRATIQUE

*À celles et ceux que le burn-out a abîmés.*
*À mes parents.*
*À mon compagnon, qui sait rendre la vie si douce.*

# PARTIE I

# Prendre conscience

# Chapitre 1

« What a feeling! »

*Arrête. Cesse cette torture.* Elle cherche le bouton. *Bang*, sa main s'écrase.

« Bein' believin'! »

*Mais arrêêêête.*

Sept minutes et trente secondes se sont écoulées entre la première alarme et la seconde, la sadique. Des minutes où tout redevient possible, où le sommeil du matin fuit les obligations. Bras amolli, Maya tente d'atteindre le bouton de la liberté. Bon sang, que cesse cette chanson, taillée sur pièce pour les guerrières de la danse ! Celles qui se relèvent quelles que soient les embûches, qui croient en leur destin. Les super *winneuses*.

Ce matin, non, elle ne parvient pas à gagner. Son dos douloureux l'emporte sur sa volonté. Elle a l'impression d'avoir été heurtée par un camion qui lui a laissé les vertèbres en charpie. Passées au hachoir par un mal inconnu. Pourtant, elle revient de vacances, bronzée, présentable, fraîche à souhait – l'éclat de ses cheveux roux est éblouissant. Tout devrait être parfait. Alors quoi ?

Elle tente d'abord une esquive. Elle se répète que la journée va pétiller. C'est bien ce que disent les articles de développement personnel, non ? « La volonté fera tout, soyez audacieux et déterminé, regardez la vie du bon côté, et rien ne pourra vous empêcher de réussir. » *Oui, bien sûr.*

Il y a des matins où la vie penche du côté des complications.

Elle ne ressent pas la fatigue du travail intense, quand le corps est trahi par des muscles limités. Ce n'est pas non plus la lassitude mentale, celle qui vous fait perdre le goût de l'instant présent. C'est autre chose.

Elle contemple les quatre grands tableaux sur le mur d'en face, dénichés dans une brocante du Marais. Ces portraits de couples qui s'embrassent comme des gosses, c'est naïf, non ? *Ils sont dans le bon ordre ? C'est réaliste, un tel désir ?* C'est plutôt un truc d'ado, personne n'aime comme ça. Elle s'efforce de se rappeler quand elle a ressenti ce désir intense, lorsque ça crépite et qu'en un instant les corps s'enflamment. Mais sa mémoire lui fait défaut. Elle revient aux photos. Elle les a accrochées en fonction de l'âge des gens. L'ordre de la vie, classique, sans surprise. *Et l'encadrement noir ? Mais pourquoi noir, au fait ?* Ces questions tournent en boucle dans sa tête. Elles la mettent dans un état d'agitation dont elle ne comprend pas le motif. Les photos sont là depuis dix ans, et jamais elle n'y a vraiment prêté attention. Elles font partie du décor. Et ce matin, tout à coup, elles lui apparaissent comme neuves. C'est bizarre, cette impression qu'elles ne sont pas tout à fait à leur place ou que celle-ci a été décidée trop vite, sans soin, sans intention.

Pour faire cesser ce débat sans issue, elle se saisit de sa tablette. *Google Actus, voilà c'est bien, passons à autre chose.* Avant même que la page ne s'ouvre, Twitter lui fait signe. Une notification.

Il s'est passé quelque chose ! Non, en fait rien de bien important. C'est la petite vie numérique, usuelle, bruyante et sans conséquence. Son tweet de la semaine dernière sur le digital a fait réagir un seul follower en plus. Pas de commentaires, pas d'échanges. Elle a juste *scoré*, comme disent les jeunes. Maigre cadeau de consolation. C'est le degré zéro de l'attachement. S'échiner des heures à écrire des messages et guetter ensuite le moindre intérêt, tandis que les followers vont et viennent, badent, aiment quelques secondes. Rien ne les retiendra, sauf peut-être, les célébrités. Mais, de toute manière, ces marques de reconnaissance digitales lui font-elles réellement plaisir ?

Elle retourne à l'actualité. Encore des manigances politiques à la une. Des affaires au sommet de l'État. Les partis d'extrême qui se délectent quand ils sentent l'odeur du sang. Les milliers de donneurs de leçons qui n'ont jamais rien accompli eux-mêmes. Des articles sur le réchauffement climatique. La planète se dégrade. Un papier sur la Bourse. Et puis, les dernières nouvelles des stars. Accouchement, tromperie, nouvel amour, mode, régime, héritage… D'ordinaire, elle ne s'en soucie guère, mais ce matin elle a besoin de se remplir d'insignifiance. Elle a besoin de sentir qu'elle n'est qu'une minuscule poussière dans l'univers. De dégonfler sa responsabilité dans cette farce qui va mal finir. *Je n'existe presque plus, je suis légère.*

Son téléphone sonne :

— Maya ?

— Oui.

— C'est Leslie, *how are you?*

La voix encore ensommeillée, elle toussote pour se dégager la gorge.

— Ça va, et toi ?

— Bien, on t'attend.

— Quoi ?

— Oui, tu sais, la réunion avec M. Albec. (La voix feint mal la sérénité.) C'est maintenant. (Une pointe d'exaspération.)

Panique à bord.

— Tu m'entends, Maya ? Tu es en route ?

Double panique. Émotion. Le cœur bat à en exploser.

— Euh oui... enfin, Leslie, je ne vais pas pouvoir.

— Quoi ? *Skit !* Mais tu plaisantes, on a programmé ce rendez-vous depuis trois mois !

— Oui, mais j'ai une énorme fuite d'eau chez moi *(Grosse menteuse, va !)* et si je pars, le voisin va être inondé, perdre ses meubles, me poursuivre. Il est complètement maniaque, tu sais. (Une hésitation.) Il me fait peur, à tout te dire.

— Maya... (Froid polaire total.) Je me fous du voisin ! Tu trouves une solution et tu te ramènes. Ton problème domestique, c'est le cadet de mes soucis. On a ce contrat à boucler et tu connais ce dossier. Je veux mettre toutes les chances de notre côté, tu m'entends !

Silence.

— Je vais voir ce que je peux faire.

— Non, tu ne vas pas voir, tu fais ! Le boulot, c'est le boulot. T'es pas payée à appeler le plombier. Tu as trois quarts d'heure. Le temps qu'il me faut pour l'amadouer un peu.

— Leslie... *(Mais quelle garce, celle-là !)*

— Je dois raccrocher et commencer le show. Tu te débrouilles. À tout à l'heure.

*Elle est dingue... Elle est dingue, mais je n'ai pas le choix.*

*Allez, un dernier sursaut.*

Maya tente de se redresser. Elle parcourt du regard l'armoire en chêne et se lance en pensée dans la composition de sa tenue : robe, chaussures, veste. Du coton, du velours. Des couleurs sobres, parce que Leslie n'est pas franchement une originale : gris, bleu, blanc. Puis elle sélectionne des bijoux : bague turquoise achetée à Nice, montre bleu clair qu'elle porte depuis ses dix-huit ans, collier offert par un ex, même si elle fait croire qu'il vient de sa mère. Rien de sentimental, juste des pièces de bon goût. L'obsession du style est tenace chez Maya. Elle a toujours été convaincue que le style la sauverait de tout, la rendrait plus charismatique, lui permettrait de conquérir le monde.

Elle se force, elle pense à Leslie, elle craint la sanction. Son dos brûle de nouveau. Elle se tapote l'épaule comme pour chasser les démons qui la paralysent.

Et puis non. *Let it be. Let it be, bordel !*

Elle éteint son portable, se recroqueville sur son lit, cale maladroitement sa tête sur l'oreiller. Un sommeil lourd prend la place du temps.

# Chapitre 2

— Maya ! Maya ! MA-YA !

Il est 17 heures. Baptiste tente de réveiller Maya d'un ton placide d'abord, puis plus insistant.

Il est venu entre deux rendez-vous chercher un dossier oublié et il n'en croit pas ses yeux : la mallette brune de sa compagne trône sur la chaise de la cuisine. Une mallette en cuir précieux, bronze, bourrée à craquer des papiers de la rentrée et de l'ordinateur, l'inséparable.

Quand il est entré, il a fait le tour de l'appartement, supposant qu'elle avait oublié sa mallette ; il a espéré qu'elle a trouvé du matériel de secours au bureau. Ce n'est qu'après quelques secondes, une fois dans la chambre, qu'il a vu la chevelure rousse qui l'émoustille tant, enfouie sous la couette.

La sidération a fait place à l'inquiétude. Que peut bien faire Maya dans son lit un lundi de reprise ? A-t-elle eu un accident ? Elle ne pouvait pas avoir pris un jour de congé, à la sauvette, comme une voleuse. Elle le lui aurait dit. Ce n'est pas son genre. Il la connaît, sa Maya, vaillante et increvable.

Et puis, ils viennent de passer dix jours en Crète, sont revenus affamés de travailler, avec cette voracité de jeunes cadres dynamiques. Non, ça ne tient pas.

Alors, que fait-elle au lit en plein milieu de la journée ? La singularité du moment le trouble plus qu'il ne veut bien l'admettre.

— Maya ! Maya !

Elle ne réagit pas. À peine remue-t-elle la pointe des pieds sous le drap de soie bleue. Il passe la main sur son bras, doucement, très doucement, comme pour panser une blessure. Elle ne bouge pas. Il se penche pour écouter sa respiration. Elle n'est pas morte. Elle souffle comme en apnée, mais c'est sa manière habituelle de dormir. Elle est vivante. Il regarde sa montre. Il est embarrassé. Le temps presse. Son rendez-vous l'attend.

Dans la cuisine, il cherche les Post-it qui leur servent à lister les tâches à accomplir. Tout est toujours calé, millimétré dans leurs courses quotidiennes. Le travail acharné a besoin d'une efficacité clinique. Rapidement, il griffonne un mot : « Je suis passé mais je dois repartir. Tu dors. Je suis un peu inquiet. Envoie-moi un SMS quand tu te réveilles. Je serai de retour vers 21 heures. »

Il est 17 h 30, il a trois heures et demie de boulot devant lui. Pendant ce temps, le sort de Maya est entre les mains de son sommeil inexplicable.

Et le sommeil persiste. Quand Baptiste ouvre précautionneusement la porte à 21 h 04, il remarque d'abord le silence ouaté qui imprègne les lieux. Il s'était imaginé qu'elle serait debout, à la fois revigorée et confuse de l'épisode de tout à l'heure. Il desserre sa cravate, pose sa veste et son dossier noir sur une chaise de la cuisine, et pousse la porte de la chambre.

Elle est là, assise dans le lit, à lire une revue de développement personnel. Elle lève les yeux quand elle l'aperçoit, et son regard noisette devient méfiant, un peu brutal.

— Maya, que s'est-il passé ?

— Rien. Je me suis endormie.

— Endormie ? Mais tu ne bossais pas, aujourd'hui ?

— Si, si.

Elle prend une mine coupable.

— Et alors ?

— Je n'ai pas pu. J'avais trop mal au dos.

— Au dos ?

Instinctivement, il cherche une solution. Tout problème doit être résolu. Il connaît de bons médecins à Paris. Ses parents, dermatologues à Cannes, sont des stars dans leur spécialité.

— Enfin, non, pas vraiment. Un peu partout. Je me suis sentie mal. Leslie m'a appelée. Nous avions un rendez-vous important ce matin. Elle doit être dans tous ses états.

— Tu ne l'as pas avertie ?

— Non, je n'ai pas eu le courage.

— Maya, tu exagères ! Si j'étais à sa place, je serais furieuse. Que tu la plantes, c'est une chose. Mais qu'en plus, tu ne la préviennes pas…

Abasourdie, elle l'écoute lui donner une leçon de savoir-vivre. Elle a une légère envie de hurler, mais prend sur elle.

— C'est… c'est exceptionnel. En sept ans, je n'ai jamais manqué un seul rendez-vous. Je ne sais pas ce qui m'a pris… Mais je vais y retourner, et au top !

Il se radoucit et lui caresse l'épaule.

— J'en suis sûr. Voici ce que je te propose : je vais commander à dîner. Prends quelques minutes encore pour te délasser. Dans moins d'une heure, on passe à table.

— Je n'ai pas faim, Batou.

Quand elle veut obtenir quelque chose, elle use toujours de ce diminutif, du sucre dans la voix.

— Mais si, tu as faim ! Manger va te faire du bien. Et aussi, une bonne nuit de sommeil. De toute manière, je me lève tôt demain.

— Ah bon ? Pourquoi ?

— Je pars à Londres pour la transaction Marshall. Lever à 4 heures. (Il voit ses yeux noisette s'écarquiller.) Mais je serai joignable. Et je préviendrai Mme Santos de ton état. Comme ça, si besoin, elle pourra prévenir le médecin.

Il serre Maya contre lui, persuadé d'avoir fait disparaître tous ses malheurs et dissipé les ombres. Elle acquiesce sans un mot, elle n'a pas vraiment le choix. Jouer la *drama queen* pour qu'il reste à ses côtés, hors de question ! Elle aurait honte, de ces hontes qui vous font vous sentir pathétique pendant des lustres. De toute façon, un travail exigeant et redoutable l'attend cette semaine. Impossible de s'écrouler, elle laisse ça aux chochottes. *Tu es forte et tu vas le faire.*

# Chapitre 3

8 h 31. *Merde.* Elle a raté la faille temporelle, ce créneau de vingt minutes pendant lesquelles le métro comporte encore des places assises et des voyageurs sereins. En général, il a lieu entre 8 heures et 8 h 20. Si elle loupe le coche, elle se retrouve debout et entourée de corps brusques et impatients. Vive la ville.

Maya patiente sur le quai de la station Saint-Paul. Quartier des élégances et des créateurs, elle ne se verrait pas vivre ailleurs à Paris. Quand Baptiste lui a annoncé qu'il avait trouvé un loft rue de Sévigné, elle a ressenti une authentique joie d'enfant. L'une de ces joies qui vous transportent au-delà de vous-même. Vous vous sentez reine pour quelques jours. Ils avaient donc acheté. Jubilation ! Il venait de boucler une grosse affaire à la banque, l'argent n'était pas un problème. Elle avait rechigné à le laisser payer une plus grosse part. Mais que faire face à un compagnon banquier si décidé ? Vous avez beau sortir vos plus beaux atouts, la partie sera sienne. Vous ne jouez pas à armes égales. Elle percevait même un léger goût de domination masculine, bien qu'il n'ait jamais fait d'allusions de vainqueur. Il est plutôt taiseux dès qu'il s'agit de décrire ce qu'il ressent.

Elle parvient finalement à se faufiler dans une rame. Accrochée à la barre de métal, elle cherche à extirper le journal de son sac. Trop de monde, elle a mal au dos et ne peut déplier sa page sans effleurer le visage de sa voisine, une vieille acariâtre qui finira bien par se plaindre. Elle reste ainsi pendant vingt minutes en corps-à-corps avec la barre, la tête haute pour trouver de l'air. Vingt longues minutes d'inconfort.

La voilà enfin arrivée à destination. Tant bien que mal, elle se désenglue de ses compagnons d'infortune et gravit quatre à quatre les marches de la station George V. Le triangle d'or du VIIIᵉ arrondissement de Paris. Le quartier des affaires et des rentiers, des voitures de luxe et de l'argent à foison. Chaque fois qu'elle sort du métro George V, c'est le même rituel : elle remet en place son col de chemise et vérifie que ses Louboutin, cadeau de Baptiste, sont propres. Normalement, cette qualité de cuir ne bouge pas. Mais on n'est jamais trop prudent quand on se rend dans l'Empire du dragon.

L'Empire du dragon, c'est ainsi qu'elle a baptisé le bureau de Leslie Andersen, sa manager. Leslie Andersen a la délicatesse de taureau et la rudesse d'une patronne sans scrupule, qui vous toise d'un air supérieur, sans jamais prendre de recul ni se remettre en question.

Leslie est l'exemple même de ces experts devenus managers parce que personne n'a compris que diriger des gens n'a rien à voir avec l'expertise technique. Résultat : elle est mauvaise manager mais performante dans les tâches solitaires. Elle s'appuie sur cette méprise pour donner des ordres à la terre entière. Comble de la méprise : elle vit dans un déni de réalité complet. Pense que tout est malléable selon ses désirs ou ses injonctions. Elle a oublié que le réel résiste et qu'elle n'est pas dotée de pouvoirs surnaturels. Elle assigne donc des objectifs inatteignables et confus à des collaborateurs qui transpirent rien qu'à entendre ses directives.

Et puis, avec Leslie, oubliez les augmentations ! Elle veille sur les finances de l'entreprise comme une sorcière vaudoue sur l'antre du trésor. L'actionnaire majoritaire et gérant ne vient qu'une fois par mois pour lui demander des comptes. Elle peut ainsi piloter en autocrate une flopée de consultants dociles, trop bons élèves.

Bien sûr, elle n'est jamais contente. Son mantra, « *Det är skit !* », signifie « C'est de la merde ! » en suédois. Elle le répète si souvent que les cent deux salariés de la boîte l'imitent à tour de rôle, certains prenant même le risque de la singer sur le fait, dans son dos. Chez Smartminds, c'est elle l'esprit fort, l'autorité suprême, la prêtresse de la menace et l'obsessionnelle du résultat.

Tandis qu'elle descend rapidement le boulevard, Maya se demande comment elle va être reçue. Elle échafaude des scénarios catastrophes dans lesquels Leslie la vire sans ménagement, avec le rudoiement sec d'une femme du Nord. À quelques mètres de l'entrée de la société, la jeune femme sent monter l'envie de fumer, histoire de tromper sa nervosité. Mais non, elle a promis à Baptiste de ne pas craquer de nouveau. *Allez, Maya, tiens le choc ! Tu sais bien qu'il déteste les odeurs de tabac froid dans les placards, tes funestes embruns.*

Soudain, elle entend des pas saccadés dans son dos et une voix stridente :

— Ah, Maya, tu es revenue. On va discuter dans mon bureau, veux-tu !

Vêtue d'un tailleur rouge que le diable en personne lui envierait, Leslie franchit les portes automatiques de Smartminds. Elle n'a pas cillé, ne se retourne pas. Elle ne doute pas que Maya la suit, penaude d'avoir gâché en une journée des années d'abnégation.

Maya s'exécute. Elle s'efforce de se donner une contenance et sourit à Peggy, la standardiste, une Marseillaise comme elle, qui n'a pas sa langue dans sa poche. Elle compte les minutes qui la séparent de la confrontation redoutée.

Elle trifouille dans sa poche pour trouver son Smartphone. *Maman, papou, Baptiste, si vous voulez m'envoyer un texto d'encouragement, c'est le moment !* Rien.

Pendant ce temps, Leslie est entrée dans l'ascenseur désert et empêche la porte de se refermer. Elle veut le tête-à-tête, elle aime sentir la crainte des autres. À son tour, Maya entre dans la cabine, comme dans une prison de la dernière chance. Elle fixe la porte devant elle, Leslie dans son dos. Silence. Désolation. Néant. Dans le métal se reflètent les yeux bleus glaçants de sa supérieure. Jamais ils ne l'ont fait frissonner à ce point.

L'ascenseur arrive au septième étage. Maya précède le dragon puis la laisse passer sans la regarder. L'étage est réservé aux cadres dirigeants. D'ordinaire, Maya y déambule le cœur léger, avec son escarcelle de résultats brillants et de clients qui l'adulent. Cette fois, elle espère ne croiser personne pour ne pas avoir à justifier son absence de la veille. Près du bureau de Leslie, Léo vient à sa rencontre, sans doute de retour d'un rendez-vous RH. Il ne perçoit pas du tout la tension entre les deux femmes et la regarde chaleureusement.

C'est Léo, il est comme ça, un gamin avenant et optimiste. Maya n'ose pas lui rendre son sourire et se contente de feindre un bonjour, mais le son ne sort pas. Elle n'arrive pas à articuler. Léo comprend que quelque chose ne tourne pas rond et que son intervention ne serait pas bienvenue. Il lui parlera plus tard.

La porte du bureau de Leslie se referme derrière la jeune femme comme pour sceller son tombeau. Leslie s'assoit derrière son bureau et lui fait signe de prendre place. Sans perdre de temps, elle allume son ordinateur. Elle remet ses dossiers en ordre et les aligne d'un air martial.

— Bien, que s'est-il passé hier, Maya ? Tu m'excuseras, je ne te salue pas, car tu m'as fait vivre l'une des plus grandes humiliations de ma vie.

Maya prend son courage à deux mains.

— Je t'ai fait faux bond, Leslie. Je me sens navrée à un point que tu ne saurais imaginer. Et…

Leslie l'interrompt brusquement.

— Que s'est-il passé ? répète-t-elle.

— Je ne sais pas bien. J'étais hors de moi-même.

— Hors de toi-même ?

— Oui, je me suis sentie comme en lévitation, je ne pouvais pas bouger.

— Tu te prends pour Jésus… tu te moques de moi ? On a un des rendez-vous les plus importants de l'année, et tu me sors un prétexte bidon ! C'est quoi la prochaine étape, te faire baptiser dans la Seine ?!

Maya hésite à parler. Leslie la lorgne sans lui laisser d'issue.

— C'est un mot bizarre, d'accord, mais j'essaie de te décrire ce que j'ai ressenti. C'est comme si mon corps ne me répondait plus. Et ma tête était brouillée.

— Tu prends des médicaments ? Il s'est passé quelque chose pendant tes vacances ?

— Non, rien de particulier.

— Tu t'es fait plaquer ?

— Non.

— Laisse-moi deviner : tu es enceinte ?

Maya a un haut-le-cœur imperceptible devant l'indiscrétion vorace de sa patronne.

— Non plus. *(Je veux que cette torture s'arrête, sinon je vais la gifler. Oui, j'en serais capable.)* Écoute, c'était un incident. C'est tout. Maintenant, j'ai une proposition à te faire.

— Laquelle ?

— Tu me débriefes le rendez-vous avec Albec, et je boucle le dossier. Je serai à fond, tu pourras compter sur moi soirs et week-ends. S'il te plaît, mettons fin à cette discussion.

Leslie la scrute longuement comme pour jauger sa motivation.

— Bien. Ça me va. Tu vas bosser ce week-end. Il y a des analyses à faire sur le dossier Albec, et je n'aurai pas le temps cette semaine.

— Parfait, je vais t'aider.

— Je t'envoie dans les trente minutes les deux cents pages du dossier ; lundi à 8 heures je veux un rapport complet des risques et opportunités. Ainsi qu'un devis.

— Tu m'accordes jusqu'à lundi midi ?

— Tu as prévu quelque chose ce week-end ?

— Rendre visite à mes parents, c'est l'anniversaire de ma mère.

— Tant mieux, elle va te remettre les idées en place. Je veux le dossier à 8 heures. Débrouille-toi. La journée d'hier ne te sera pas décomptée, et on considère que c'était exceptionnel.

— Merci Leslie. Tu sais, toutes ces années, je n'ai jamais manqué…

Leslie la coupe, exaspérée par les explications à venir :

— …et encore heureux ! Maya, tu es comme moi, tu sais que le travail fait vivre. Souviens-toi des vers d'Hugo :

*Ce mot, plus profond qu'aucun autre,*
*Est dit par l'ouvrier et redit par l'apôtre ;*
*Le travail est devoir et droit, et sa fierté*
*C'est d'être l'esclavage étant la liberté.*
*Le forçat du devoir et du travail est libre.*

Je les ai appris à Coco ce week-end.

— Ton perroquet aime Hugo ?

Maya tente de garder son sérieux.

— Oui, je lui apprends la poésie. Les bêtes ont besoin d'évasion ! Coco est un maître de l'éloquence. Il pourrait faire la leçon à bien des avocats. J'ai peut-être toujours un accent *svenska,* mais avec lui au moins, j'apprends la grande langue française. Allez, va, maintenant, j'ai à faire.

Elle fait un geste de la main.

Maya passe le pas de la porte et ressent une immense vague de soulagement. Elle s'est sortie des griffes du dragon. Ou presque…

— Au fait…

— Oui ?

— Ne fais plus jamais ça. Et ne dis rien à personne, que le mauvais exemple soit un cas unique. Je n'accepterai pas d'attitude désinvolte. La vie n'est pas un jeu, Maya.

D'abord hésitante, Maya opine de la tête. Elle a de nouveau le cœur lourd. Elle ferme la porte et rejoint le cinquième étage au pas d'un animal blessé.

# Chapitre 4

Maya est de retour dans son bureau, le disque dur interne saccagé. Elle ignore comment elle a fait pour tenir, là-haut. Leslie a sectionné sa vitalité. À aucun moment elle n'a reconnu ses sept ans de travail acharné. Sept années de sacrifices, à picorer le midi pour rester scotchée devant son écran d'ordinateur. À jongler pour ne pas perdre ses amis – à force de décaler les dîners, elle a fait le vide autour d'elle. Elle trouve terrible l'idée de privilégier son job à ses amis, et pourtant, elle l'a souvent fait. Elle est pragmatique : son travail et sa réussite passent avant toute autre douceur.

Elle ferme la porte derrière elle, ce qu'elle ne fait jamais en journée. Sur son portable s'affiche un SMS : « J'espère que le retour n'a pas été trop dur. Tu es exceptionnelle, ne l'oublie pas ! Je suis avec toi et t'embrasse. Baptiste. » *Il a pensé à moi malgré sa journée sans pause.* Le miel de ses mots lui fait du bien, mais elle se demande quand même ce qu'elle vaut. Au fond, elle doute.

Elle ouvre sa messagerie Outlook, saturée d'e-mails de Leslie. Le plus récent est un règlement de comptes. Le dragon récapitule la journée d'hier et tient Maya pour responsable du retard sur le projet Albec. Elle hésite à répondre. Elle fait tourner ses mains fines au-dessus du clavier. Mais non, répondre ne fera qu'envenimer la situation. Un nouveau message apparaît. En pièce jointe, le fameux dossier Albec : deux cents pages de notes, de relevés, de graphiques, de chiffres. De quoi se mettre quelque chose de rationnel sous la dent. Son dos la lance. Elle grimace d'inconfort. Elle se plonge dans le dossier, pourtant. Elle oublie la douleur. L'utilité de la tâche lui fait du bien. Elle est dedans, elle sent qu'elle se concentre. Elle va servir à quelque chose. Elle va réussir à gravir la montagne.

Quelqu'un frappe à la porte.

— Entrez.

— Hello, je te dérange ? (Léo a passé une tête dans l'entrebâillement, un sourire timide aux lèvres.) Ça va, Maya ?

— Oui, et toi ?

Elle reste imperturbable.

— Oui, bien. Tu es sur le dossier Albec ?

— Oui. Rapport lundi et je n'ai lu que dix pages.

— Tu as de la chance !

— Pardon ?

— Le dragon m'a mis sur le dossier Elba. C'est tellement ennuyeux que j'en donnerais bien ma démission…

— Fais pas ça !

— Je plaisante à peine. Mais je m'accroche.

— T'as intérêt parce que le client final ne laisse rien passer. C'est pas un tendre, ce type.

— Tu as travaillé pour lui ?

— Oui, l'année dernière.

— Et pas cette fois ?

— Non, le budget ne le permet pas. Mes honoraires font exploser la note.

— Tu es en train de me dire que je ne suis pas cher, c'est ça ? s'amuse-t-il.

— Tu es junior. Donc, oui, tu n'es pas cher.

Ébranlé par le ton hyper sérieux de Maya, il change de sujet :

— Dis donc, tu fais quelque chose pour le déjeuner ?

— Non.

— On déjeune ensemble ?

Elle n'est pas sûre de se l'autoriser. En même temps, le dragon l'a blessée. Manger ne peut pas lui faire de mal.

— Oui, si tu veux. Mais pas longtemps.

— Allons chez Piano Piano, en face du bureau.

— *Piano Piano* pour un déjeuner en vitesse ! C'est une blague ?

— Non, non. Ce sera rapide si on prend un plat. Ne t'en fais pas. Je vais réserver. Midi et demi ?

Distraite et pressée d'en finir, elle acquiesce sans un mot. Déjeuner hors du bureau lui permettra aussi d'éviter les gêneurs trop curieux. Les vautours qui viendraient lui demander des nouvelles de la journée d'hier, avides de chair. Son absence lui garantira une certaine tranquillité.

La matinée file d'un trait. À 12 h 20, Léo est devant sa porte. Elle se lève, enfile sa veste et lui emboîte le pas.

Piano Piano ne mérite pas son nom. Tout est agitation, vitesse et odeurs virevoltantes dans ce petit bistrot italien. Bistronomique en vérité, à 30 euros le plat. Mais il y a de quoi manger, ça console. Le patron, Luciano, donne des ordres impérieux à une armée de fringants serveurs, silhouettes de jeunes premiers, cheveux gominés, regards attentifs et charmeurs à souhait. Ils boivent les paroles du chef. Par moments, ils lui font un signe du pouce pour lui dire que l'ordre a été compris. Sans se retourner afin de ne pas fâcher un client impatient qui ne se laissera pas attendrir.

Maya n'est pas venue ici depuis presque un an. C'était en septembre, après les vacances en Corse. Depuis, elle a alterné déjeuners avec les clients et grignotages sur le pouce. C'est le grignotage qu'elle préfère. Il préserve sa ligne. Elle n'est pas mince mais son corps est gracieux. Les proportions sont équilibrées, les formes en harmonie.

Avec les clients, c'est le festin. Il y a toujours le petit plat, le verre de vin qui change tout, ou le dessert qui fait passer la pilule. Elle ne peut s'y soustraire. Le client est roi. Roi fainéant, roi gourmand, roi pingre ou grand roi, c'est lui qui décide de la cadence.

Cependant, elle est compétente, ils le savent. Oui, le monde entier sait qu'avec Maya, les dossiers sont traités comme des œuvres d'art. Chaque détail est étudié. Chaque conclusion est le fruit de longues analyses. Son éloquence finit de les convaincre. Elle a le don pour faire passer ses idées, cette fille. Ce n'est pas venu tout seul. Elle a beaucoup travaillé. Avec un coach, Michel, qui lui a fait prendre conscience du pouvoir de la voix. « Le rythme, c'est ta prise de pouvoir, souviens-toi. Si tu parles lentement, ils sauront que tu maîtrises le temps. Si tu articules, ils entendront le respect que tu portes à tes idées. Sois fière de ce que tu racontes, toujours. » Maya n'a jamais raté une séance. Comme une alcoolique en manque, elle a tout absorbé, s'est imbibée frénétiquement de ces bons conseils.

Ce midi, toutefois, elle n'est pas obligée de jouer totalement la comédie. Pas avec ce collègue connu pour son empathie solaire.

— Ici ?

— Oui, c'est bien. Je te laisse la banquette. Je n'aime pas les banquettes.

— Comme tu voudras.

Ils consultent la carte et commandent rapidement. Ce sera une pizza, une reine pour lui. Et des linguine aux fruits de mer pour elle. Pas de vin. Il aurait bien cédé à ce petit plaisir, mais le refus catégorique de Maya l'a intimidé. Si ça se trouve, elle changera d'avis, même s'il n'y croit pas trop.

— Alors, quoi de neuf ?

Elle lui répond sans entrer dans les détails :

— Rien de neuf. La routine.

— Comment ça, la routine ? Le dossier Albec, ça va être du grand art. Je croyais que tu étais sortie de ce dossier, d'ailleurs ?

— Non. Leslie sait où sont ses atouts. Je connais bien le client et le contexte. Elle veut gagner du temps. Le temps pour elle, c'est de l'argent frais.

— Qui est avec toi sur la mission ?

— Gilbert et elle. Mais je sais qu'elle débarquera quelques mètres avant la ligne d'arrivée pour nous expliquer le sens de la vie.

— Tu as l'air blasée.

— Peut-être. Disons que je connais la chanson. Et les gloires qu'elle revendique.

— Tu crois que c'est possible autrement dans une entreprise ? Un manager n'est pas là pour les sentiments !

— Peut-être, mais il y a des limites, non ? On est ses instruments. Parfois, j’ai la sensation d’être une arme. Même mes réseaux sociaux doivent soutenir ses batailles, ses obsessions.

Il ne l’a jamais vue comme ça. Un détonateur dans le corps. Il y trouve du bon. Son ton est plus authentique.

— Tu devrais lui parler, non ?

La question la sort d’une sorte de rêverie. Elle semble en train de réaliser à qui elle s’adresse.

— Non… Ce n’est rien, juste la fatigue. C’est moi qui suis peut-être à côté de la plaque.

Elle sourit faiblement. Il sait qu’elle ne dit pas la vérité qu’elle a dans le cœur. Ce sont des choses qu’on peut sentir chez les autres.

Les plats arrivent. Ils les attaquent en silence.

— Et toi alors ? Toujours content d’être parmi nous ?

— Content ? Je ne le dirais pas comme ça. Mais disons que c’est une expérience.

— Et tu le dirais comment ?

— Satisfait, peut-être. Le bonheur, ce n’est pas être accroché à un poste, pour moi. C’cst autre chose.

— Et quoi ?

Il la dévisage.

— Un truc comme des instants de vérité. Me sentir vivant. Oublier la mort. Devenir quelqu’un.

Maya est mal à l’aise. Quelque chose dans les propos de Léo fait écho en elle. Mais ça crée aussi un bug dans son système. Elle feint de rire.

— Dites donc, Monsieur le philosophe ! De grandes paroles, tout ça !

— C’est pas facile à expliquer. La vie, c’est un peu comme l’écume. Tu vois ? (Il se tait, comme pour la laisser imaginer le tableau.) Une surface rapide sur laquelle on a tendance à surfer. Elle nous attire, tout le monde la remarque. Mais, je ne suis pas sûr que ce soit ce que nous voulons.

— Mais alors on veut quoi ?

Il boit un verre d'eau d'un trait.

— On sait ce que l'on veut au fond. Mais on n'arrive pas à le dire, ça sort pas de nos corps pris dans l'habitude. Alors on passe des années comme des dingues à quelques mètres de notre source, ce qui pourrait enfin nous épanouir. On se force comme des abrutis à endosser un rôle qui n'est pas le nôtre. C'est un déchirement, c'est obligé.

Elle est presque gênée par la dimension de sa pensée. Elle se demande si elle n'est pas moins intelligente que lui. Les femmes éprouvent cela en général devant un homme qui sait les épater ou les faire douter. La différence, c'est que lui n'y pense pas, il ne le sait pas, il ne calcule pas.

— Tu sais où est ta source, toi ?

— Pas vraiment. Mais je sais que ce n'est pas chez Smartminds !

Ils éclatent de rire, enfin. Il profite de cet instant pour s'aventurer dans sa vie.

— Et toi ?

Elle ne parvient pas à répondre spontanément. Elle songe à Baptiste et à leur splendide appartement. Elle regarde Léo d'un air indécis, puis lève les yeux comme pour chercher l'inspiration.

— Je ne sais pas. Pas ici, sans doute.

Le serveur les interrompt pour leur proposer des desserts. Léo fait non de la tête.

— Non, merci, dit Maya. L'addition s'il vous plaît.

Il est temps de retourner dans l'antre du dragon. Le temps a passé vite. Elle a pensé à autre chose que le quotidien banal, elle a aimé ce déjeuner.

# Chapitre 5

Il est 21 heures. Une berline noire s'engouffre dans le dédale des rues montmartroises. Le taxi parcourt le même trajet tous les soirs, à peu près à la même heure.

Elle en sort, pressée, la journée doit finir. Il va falloir recommencer bientôt. Elle ouvre la porte en jetant un œil par-dessus son épaule. Discrètement, afin de ne pas accuser du regard des passants inoffensifs. Le monde est plein de dangers. Elle imagine le pire sans le connaître. Et puis, ces derniers temps, des mouvements sociaux ont agité la France. Il ne faudrait pas qu'elle se fasse voler son sac à deux pas de chez elle par quelques révoltés. Ce serait le comble. On doit être en sécurité chez soi.

Une fois dans le hall de l'immeuble bourgeois, elle vérifie le courrier pour la seconde fois de la journée. Elle aime sentir le vide de la boîte aux lettres. Pas de facture, pas de mauvaises nouvelles, pas de surcroît de travail. L'espace pour s'adonner à quelques rares plaisirs, elle n'y a pas souvent droit. Elle le prend quand les circonstances le lui permettent. Ce soir, ça semble possible.

Elle commence à monter l'escalier. L'exercice est pénible, mais elle veut garder la forme, rester ferme. Elle ne deviendra pas un corps mou et sans consistance. Au troisième étage, elle souffle un peu plus fort mais se reprend. Elle continue d'un pas leste et arrive devant l'imposante porte rouge. La clé est lourde, elle ouvre rapidement la porte, regarde de nouveau derrière elle par acquit de conscience et la voilà dans le silence.

L'appartement est rangé comme un musée. La grande fenêtre donne presque sur la place des Abbesses. Elle a un peu raté son coup : elle voulait le manège des Abbesses plein les yeux, mais aucun bien n'était disponible à l'époque. Attendre n'est pas son fort, quoi qu'il en coûte.

Elle gagne la chambre, retire sa veste et tout le reste en quelques secondes. Elle pose délicatement le tailleur sur le lit, cherche le cintre et le met dessus. Elle le place dans le dressing, du côté du linge sale. Demain, la société de pressing passera comme chaque semaine la débarrasser de cette corvée harassante. Elle pense parfois à sa grand-mère danoise, blanchisseuse de son état, qui toute la journée nettoyait la crasse des autres. Elle en a honte et elle est contente d'avoir échappé à ce sort, même si elle ne l'avouera jamais.

Elle met le téléphone à charger sur la table de nuit et rejoint la cuisine. La faim n'est pas une sensation familière, elle se nourrit mais manque le plus souvent d'appétit. Sa tête est en bisbille avec son estomac. Il y a trop de choses à penser et à faire, pas le temps de mastiquer des aliments. Quelquefois, quand elle a passé une très mauvaise journée ou remporté un contrat pharamineux, c'est l'inverse. Elle ressent l'inclination irrésistible et violente de se jeter sur la nourriture, et tout y passe : le contenu de son frigo, de ses placards, de ses réserves. Elle s'est déjà demandé si elle n'était pas un peu boulimique, mais la fréquence de ses excès est si faible qu'elle ne s'en soucie guère plus de quelques instants.

Ce soir, elle fera simple : salade de tomates, suivie de saumon fumé et de haricots verts. Elle prépare son assiette et se love sur le canapé du salon. Elle allume le journal télévisé mais très vite se lasse de ce déferlement désordonné de malheurs et d'émerveillements du monde. Elle a le sentiment d'y perdre son temps. Dont acte, elle va relire un dossier du bureau.

Du coin de l'œil, Coco l'observe. Sans dire un mot, il se balance, goguenard, sur sa balançoire en bambou dans l'énorme cage près de la télévision. Elle ne lui a pas dit bonsoir, car il a été infernal la nuit dernière. Elle a dormi, par chance, après lui avoir demandé de se taire une bonne dizaine de fois.

Avant le coucher, elle avait essayé de lui apprendre le poème « Il n'y a pas d'amour heureux », d'Aragon. Comme un disque rayé, il avait bloqué sur le quatrième vers, « Et quand il croit serrer son bonheur il le broie ». Malgré ses encouragements, ses réprimandes, Coco n'avait rien voulu entendre.

Il l'a peut-être ainsi punie de son romantisme de façade, alors que sa vie sentimentale est tout en courants d'air charnels, séductions répétitives et émotions retenues. Elle ne cherche pas l'amour, elle veut l'engloutir, ressentir son extase rapide – sans bouleverser ses habitudes. Elle n'a rien à foutre des convenances, elle a un plan dans la vie et elle s'y tient. Ça fait bien longtemps qu'elle a pris la décision : elle ne se perdra pas dans les moments de vertige, les déclarations enflammées avec de grands nigauds pour lui tenir la main.

Non. Elle veut des hommes à avaler et à chérir le temps d'une fleur. Quand elle en rencontre un, elle est directe. Beaucoup de ceux à qui elle fait des avances partent en courant, soit parce que ce sont des naïfs à la recherche de l'âme sœur, soit parce que, loups dominateurs d'un soir, ils n'ont pas l'habitude qu'on les prenne à leur propre jeu ; ils veulent maîtriser le tempo, quand elle veut tout, tout de suite, elle n'a de patience pour rien. Sauf peut-être pour Coco, qui l'accompagne depuis de longues années.

Ce gris du Gabon a rendu sa vie plus ludique. Quand Niels, son frère, de passage à Paris, lui a proposé de le garder, elle n'a pas hésité une seconde. Si elle n'aime pas les animaux en général, elle a vu dans cet oiseau une compagnie atypique qu'elle pourrait supporter. La rencontre chez Brigitte, son ancienne propriétaire, a fini de la convaincre : exubérant, beau parleur mais obéissant, Coco a tout de l'ami qu'on accueille avec simplicité. Depuis sept ans qu'ils cohabitent, elle n'a pas regretté sa décision un seul instant.

Bien sûr, ça lui a valu quelques aventures cocasses. Comme avec ce Diego, rencontré dans un club de tango argentin, qui gémissait *« Sí, sí »* au moment de l'amour quand Coco répétait dans son dos « Non, non ». Le rire les avait pris et avait définitivement cassé l'érotisme de la scène. Ce n'est pas si grave. Coco sera son compagnon pendant encore quarante à soixante ans, tandis que les corps virils de ses amants ne servent qu'à la divertir quelques nuits.

Dîner rapidement avalé, elle prend son téléphone et comme chaque soir enregistre sur son Dictaphone les faits marquants de la journée. C'est une vieille habitude. Dossiers difficiles, subalternes en retard, tâches à régler les prochains jours. Et puis Maya. Cette fille l'a mise hors d'elle avec son air de ne pas y toucher. Elle a peut-être fait capoter l'un des plus gros contrats de l'année. Ce n'est pas normal, Leslie l'a formée à de meilleures performances. Et puis elle revient de vacances, elle sent encore le soleil et la langueur.

Son regard s'assombrit. Elle ne sait pas si elle pourra pardonner à sa collaboratrice. Elle l'attend au tournant sur le dossier Albec.

Son portable vibre, c'est sa mère qui l'appelle, comme chaque semaine. Ce soir, elle ne décroche pas. Elle lui dira par SMS que la vie est compliquée et qu'elle a trop de travail. Elle ne sait pas comment se dépêtrer des affections des autres. Elle sait juste qu'elle n'a pas envie de leur donner la sienne sur commande. Ce n'est pas efficace, ce n'est pas logique.

Leslie est la caricature d'une fille que les années ont empoussiérée. Elle s'est laissé diriger par la vie. Elle n'a pas questionné le désir social qui pèse sur elle et n'a jamais cherché au fond d'elle-même sa vérité personnelle. Entre le monde et elle, elle a mis des faux-semblants ; elle donne l'impression de tout contrôler alors qu'elle ne maîtrise rien. Mais elle ne le voit plus comme ça, car le mensonge est devenu son histoire.

Si elle prenait le temps d'aller voir au fond d'elle-même, de ne plus remplir sa vie mais de la vivre, elle se rendrait compte que son existence est une farce. Ça ferait mal, c'est sûr. Mais elle serait libre à nouveau.

# Chapitre 6

Ça y est ! La semaine se termine. *Thank God it's Friday !* On va pouvoir respirer un peu. Elle a couru pour attraper le métro et aller à la gare de Lyon. Ce matin, il a fallu penser à la valise et ne rien oublier. Cette tâche supplémentaire paraît infime, mais elle s'est ajoutée aux milliers de choses à faire qui occupent ses journées.

Depuis deux jours, le dragon est en déplacement à Londres. L'occasion de respirer, d'échapper à l'étau de sa surveillance. Et de travailler paisiblement sans avoir à rassurer l'animal en furie. Maya n'a pas besoin qu'on la prie pour bosser ni qu'on vérifie son organisation. Elle sait faire. Elle a le goût de l'effort.

Arrivée à la gare, elle envoie un SMS à Baptiste : « Tu es arrivé ? » Le train part dans trente minutes. Parfaite gestion du temps. Son cœur se calme. Elle a maîtrisé le trajet. Parfois, vivre à Paris est un véritable parcours d'épreuves. Quand vous les franchissez toutes, vous êtes ébloui par ce petit miracle qui tient autant à la chance qu'à votre sens de l'anticipation.

Le téléphone vibre, c'est lui : « Là dans cinq minutes. Rendez-vous en début de quai C. » Elle y va d'un pas rapide, slalomant entre les hordes de touristes qui débarquent dans la capitale pour un week-end festif. Enfin, elle le voit : impeccable et élégant, sourire aux lèvres. Il a le sourire des grands jours. Il l'embrasse délicatement, comme pour ne pas la fatiguer.

— Ça a été, ta journée ?

— Oui, très bien. Tu as pensé au champagne ?

— Dans mon sac, ma chérie. Allons-y.

Elle voulait un champagne de producteur pour Mireille, sa mère. Il en restait quelques bouteilles à la maison, d'un week-end à Reims. Mireille se fait rarement des petits plaisirs, elle râle sur tous les prix et dans tous les supermarchés. Dès que Maya le peut, elle lui offre un peu d'excitation – en en minimisant le coût. En l'occurrence, elle prétendra que c'est une marque bon marché. Elle mentira pour son bien. Et tout le monde en profitera. Que c'est bon, le champagne ! *Si maman apprenait combien on a payé pour le dîner autour de cet exquis élixir, elle me traiterait de folle…* Cette idée la fait souffrir, elle qui travaille tellement dur pour pouvoir savourer des instants de détente. En même temps, elle a honte que ses parents soient embarrassés par ce qu'elle est devenue, par son niveau de vie. Elle voudrait que tout soit cohérent. Elle voudrait vivre en paix avec sa transformation sociale.

Main dans la main, Baptiste et elle marchent vers la voiture 2 et s'installent près d'un couple avec un enfant. Comme chaque fois que le train démarre, son âme devient légère. Elle sent se volatiliser la poussière, la pollution, les couloirs du métro, les visages cireux des Parisiens, la voix du dragon, le ciel sans couleurs.

Elle se prend à rêver d'une vie différente. Une autre vie loin, sans enjeux sociaux. Combien de fois a-t-elle rêvé de partir ? Combien de fois a-t-elle consulté sur le Bon Coin les annonces de locations dans des endroits excentrés, des terres de solitude où personne ne pourrait la retrouver ?

Le scénario se déroule toujours de la même manière : elle regarde les photos, imagine la scène et puis revient dans sa vie présente. Elle est déroutée par le mal qu'elle se donne pour revenir en arrière. Tout refaire à l'envers, désembobiner la rêverie, faire sauter l'évasion au bout du clic. Baptiste ne le sait pas. Il ne comprendrait pas sans doute. Il n'a pas cette attirance pour les grands espaces. Il aime la ville et ses excès. Il aime les trajectoires nettes. Il ne remet jamais grand-chose en question. Parfois, elle se demande si, pour lui, le bonheur existe, s'il existe vraiment. Il est toujours tellement impassible – est-il jamais rempli, transporté de bonheur ? Elle l'ignore, même après toutes ces années ensemble.

Le TGV qui les emmène vers Agde est maintenant lancé à vive allure. Elle voudrait dormir. Mais elle doit travailler sur le dossier Albec. Sur ce fichu dossier et ce papier pour lundi à la première heure. Si elle gaspille les quatre heures de train à rêvasser, elle le paiera demain ou dimanche. Tout a un prix. Dans cette vie de labeur, chaque imprévu doit être remboursé par la sueur. C'est implacable, car elle ne peut pas décider à la place de sa manager. Albec est un millionnaire capricieux. Leslie n'a pas le cran de le faire attendre, de lui demander deux jours de plus pour laisser respirer ses équipes. Parfois, on croirait que le dragon n'a pas confiance en elle, malgré les apparences. Elle ne sait pas soumettre la volonté des clients à la sienne. Leur transmettre un peu de bon sens, de modération. Non, non, pas tout, tout de suite. Elle s'incline comme une mauvaise joueuse. Et tant pis si les gens de sa boîte y sacrifient leurs week-ends et leur gaieté. Ils sont payés pour ça, non ? Non, justement.

L'ordinateur est prêt. Maya dépile les e-mails et reprend la lecture des deux cents pages du dossier. Baptiste est déjà plongé dans un rapport et la regarde de temps en temps. Il est rassuré de la voir à la tâche. C'est ainsi qu'il la connaît : concentrée, bûcheuse, ambitieuse. C'est ainsi qu'il la désire, peut-être. Identique à lui.

Autour d'eux, le wagon s'endort. Les voyageurs sont crevés de leur semaine menée tambour battant. Le Sud les attend, promesse d'un lieu à l'abri du monde. Ça en détend certains. Des ronflements se font entendre. Au bout d'un moment, Baptiste regarde de nouveau Maya. Elle dort, la bouche ouverte. On dirait un enfant assommé par le poids du destin. Il hésite à la réveiller. Voudra-t-elle poursuivre sa lecture ? Puis il repense à l'épisode du début de semaine. Il vaut mieux qu'elle suive son rythme. Il continue d'écrire son rapport. Bientôt, ils seront à Agde. De là, un taxi les conduira à Marseillan.

José et Mireille, les parents de Maya, s'y sont installés il y a une dizaine d'années. Auparavant, ils vivaient à Marseille, d'où est originaire José. José était facteur et a pris sa préretraite en profitant de conditions assez avantageuses. Ils ont vendu leur appartement pour acheter une petite baraque à cinq minutes de la plage. Mireille vient de Saint-Brieuc. Elle a tout plaqué à vingt-cinq ans pour rejoindre ce Méditerranéen. Comme elle était infirmière, elle pouvait travailler à peu près partout.

Ils ont eu le coup de foudre et aiment le raconter jusque dans les moindres détails. Un train le conduisait en Bretagne pour quelques jours de détente sur les rives de l'Atlantique. Elle revenait dans sa région après une escapade dans le Midi où elle voulait découvrir les terres de Pagnol. Premiers regards, cœurs conquis, conversations ininterrompues. C'est parfois facile, l'amour. Ça ressemble à une chanson. Maya a toujours vu dans cette innocence le signe d'un attachement d'exception. Quand ses parents évoquent leur rencontre, ce qui ne manque pas d'arriver lors des fêtes de fin d'année, les détails varient d'une version à l'autre. « C'est toi qui m'as couru après ! Tu lisais ce poème idiot de Ronsard ! » L'année d'après, c'est Prévert. Puis ce n'est plus lui qui a fait le premier pas, c'est elle… Mais qu'importe. Ce qui compte, c'est l'intensité du désir au moment des faits. Et la certitude de faire partie d'un même élan sincère, d'une même envie. Quarante ans que ça dure.

Maya n'est pas certaine de pouvoir en faire autant. Personne ne l'attend d'elle. Mais elle s'interroge parfois, parce que, quoi qu'on en dise, la vie de nos parents est une de nos musiques intérieures. Elle nous permet d'aspirer à un avenir plus clair. Ou, au contraire, voile notre horizon de possibilités.

La nuit de septembre est tombée. Ils montent dans un taxi à Agde.

— C'est pour aller où, messieurs-dames ?

La voix du chauffeur, rien que sa voix, c'est tout le Sud qui chante. Il met « messieurs-dames » au pluriel, comme s'ils formaient déjà une grande famille. Ça fait un bien fou.

Maya a émergé doucement vingt minutes avant l'arrivée, elle est encore un peu alanguie. Au fur et à mesure que le taxi engloutit les douze kilomètres qui séparent Agde de Marseillan, elle revient à elle. Elle regarde autour d'elle machinalement et reconnaît les endroits familiers, les points de repère. Elle a donné au chauffeur une adresse quelques maisons avant celle de ses parents. Elle ne leur a jamais dit qu'ils font le trajet en taxi, car cela mettrait José en colère. Imaginez, le prix d'un taxi ! Il voudrait venir les récupérer. Mais à soixante-cinq ans, ça lui porterait peine parce qu'il fatigue avec l'âge, et elle veut le lui épargner. Alors, elle lui cache la dépense des 30 euros de taxi qui, pour elle, n'est pas la mer à boire. Le mensonge n'est pas un loisir. C'est un espace pour l'autre. Pour l'empêcher de se tourmenter. Elle ne sait pas comment faire autrement. Elle ne sait pas comment être une meilleure fille. Comme d'habitude, elle dira que le bus du soir les a déposés en bas de la rue, que le voyage était magnifique, qu'elle se sent dans une forme éclatante. Quand elle ne souhaite qu'une chose : du silence et du thé.

— Maya !

Maman ouvre la porte. Elle leur ouvre les bras et José arrive derrière elle, pressé de les voir. On a l'impression qu'ils n'en croient pas leurs yeux d'accueillir ces Parisiens triomphants qui daignent leur accorder un week-end. C'en est presque gênant.

Baptiste, lui, a l'habitude. Il se prête volontiers à ces effusions ; ce qui ne l'empêche pas de retourner ensuite vaquer à ses occupations professionnelles. Il y a plusieurs façons de gérer les relations et de s'impliquer, la distance en est une. Il est là sans y être. En apparence, il est tout réceptif aux signes d'affection, aux attentions et aux discours ; en son for intérieur, sa tête est ailleurs. Il espère pour Maya qu'elle parviendra un jour à être totalement ce qu'elle est, sans craindre que ses parents la renient. Ce sera un pas accompli dans sa réalisation personnelle. Elle aura accosté sur le rivage de sa vie. *Elle n'y est peut-être pas encore,* se dit-il chaque fois.

Le dîner est simple mais délicieux. Une soupe de crabe, des tielles sétoises qui font honneur à la région, du fromage et quelques framboises à la crème. Mireille est une virtuose des fourneaux – une virtuose qui ne reconnaît pas son propre talent.

Maya est volubile, elle sait que la parole est signe de bonne santé à la maison. Se taire serait une offense. Alors parlons, nom de Dieu. José raconte sa dernière trouvaille : un petit bateau de pêche qu'il a envie de s'offrir pour les virées en mer. « Une fortune ! » insiste Mireille. Mais elle a le ton indulgent de ceux qui ont déjà abdiqué. Il l'aura, son bateau. La question est de savoir quand.

Maya répond de bonne grâce aux questions sur son travail, sans jamais détailler. Ses parents ne comprennent pas vraiment ce qu'elle fait, de toute façon. Ils veulent juste être certains qu'elle est bien payée pour ses fonctions, qu'elle est satisfaite et qu'elle a une vie privée convenable, du temps pour elle. Le reste, ce n'est pas leur affaire. C'est trop loin, trop abstrait. Ils ne sauraient pas l'assimiler.

La conversation revient vite à la vie pratique. Le climat parisien, les repas, les prochaines vacances. Baptiste se prête au jeu. Il est charmant en toutes circonstances et ne vexera personne. On préférerait parfois qu'il soit plus chaleureux, plus expressif. Mais Maya voit dans sa retenue un havre de sérénité. Il ne dépend pas d'elle pour se fondre dans le décor. Elle se souvient de ce petit ami espagnol sur lequel elle avait jeté son dévolu à vingt-trois ans. Quel brio, quelle ardeur ! Mais il voulait tout changer, son existence, celle des autres. Il avait un avis sur tout. C'était la révolution dans tous les domaines. Résultat des courses : une relation vite essoufflée, même si les quelques semaines avec lui avaient été plutôt originales. Les années d'après, Maya a cherché la stabilité ; et la rencontre classique, dans un dîner d'amis, avec Baptiste, ce banquier beau, d'humeur égale et fou d'elle, a apporté de la douceur à sa vie vide de désir. Au fur et à mesure du temps, elle a de plus en plus apprécié cette relation équilibrée, fondée sur leur efficacité réciproque, leurs ambitions tenaces et leur goût pour les beaux voyages. Leur amour, c'est le partage de ces quelques projets importants. C'est ce qui les fait se désirer et tenir sur le long terme. Surtout pour elle. Lui éprouve en plus un émerveillement sincère pour cette fille simple qui se construit un futur de femme du monde.

Il est tard. Tout le monde est fatigué. Maya et Baptiste gagnent la chambre d'amis. Elle allume son ordinateur. Pas encore minuit, il reste du temps pour travailler puis s'accorder enfin, demain, quelques heures de vrai repos. Droit à la déconnexion, paraît-il. Elle fonce, il la laisse faire et se met au lit avec le dernier essai de Jean d'Ormesson. Un classique. Il la regarde du coin de l'œil. Ils finissent par s'endormir car, demain, l'anniversaire de Mireille va requérir beaucoup d'énergie. Ce sera la fête et ça doit se voir.

La journée commence en fanfare. José s'affaire dans la maison, il est plus vif le matin. Mireille a préparé la cuisine la veille, mais elle doit peaufiner son menu. Il est 8 heures et demie, et la grasse matinée désirée des Parisiens éreintés attendra le lendemain.

Maya ouvre les yeux, désireuse de profiter encore de ce lit qui sent bon. Baptiste, déjà réveillé, est en train de lire. *Il n'arrive jamais à ne rien faire*, songe-t-elle. Chaque minute doit être productive. Elle admire cette énergie mais, en même temps, elle la voit comme une mécanique infernale, dont elle ne comprend pas l'utilité. Le temps de la vie exige de l'action, du swing, mais aussi du silence et de la gravité. Parfois, elle se dit qu'elle devrait se mettre à la méditation.

Ils finissent par sortir du lit et se préparer tour à tour. Maya enfile une jolie robe, elle sait que sa mère y sera sensible, même si elle n'en dira sans doute pas un mot. Elle ne fait pas beaucoup de compliments, s'exprime surtout par des caresses ou des demi-sourires. José, lui, est plus expansif, quand il est bien luné. Il est capable de grandes marques d'affection, aussi soudaines qu'imprévisibles. Il donne et repart, c'est tout.

Maya se doute que cette attitude leur vient de leurs secrets d'enfance, dont ils parlent peu. Elle sait qu'ils ont connu de vrais bonheurs, lui sur la Canebière de Marseille, elle dans sa Bretagne ombrageuse. Dans le chaudron de leur vie d'enfants, il y a aussi des malheurs, des mauvais souvenirs qui les enferment aujourd'hui dans des comportements dont ils n'ont pas conscience. Il n'est pas sûr que les adultes sachent se reprogrammer. Ils charrient les réflexes acquis au début de leur existence, comme des adolescents solitaires qui ne veulent pas sortir de leur condition. Qui peut leur dire si c'est bien ou mal ? On fait ce que l'on peut.

— Maayaaa !

Ça y est ! Leur impatience gronde. Maya sort prestement, suivi de Baptiste, impérial et imperturbable. Ils rejoignent la cuisine familiale et sont enchantés par l'éclat du soleil. Maya embrasse sa mère et lui souhaite le plus bel anniversaire qu'elle ait jamais connu. Mireille paraît émue, mais elle est trop joyeuse pour verser des larmes attendries. Sur la table, tout est prêt. Le petit déjeuner se passe gaiement. Les conversations vont bon train, Maya se sent bien. Elle oublie le dragon, la grisaille, les obligations. Ce sont là quelques minutes volées aux contraintes. Il n'y a pas beaucoup d'endroits au monde capables de lui procurer cette sensation de « j'oublie tout », de la libérer des pensées mitrailleuses, de lui ouvrir l'âme, de la faire respirer. Ici chez ses parents, Séville où elle est allée au moins vingt fois, Nice avec Baptiste…

La balade qui suit à la plage est un vrai bonheur. Le temps est doux, la musique de la nature les accompagne, marcher recharge leurs batteries et leur détend le corps des orteils au haut de la tête.

Au retour, le déjeuner qui attend est somptueux. Mireille a chassé tout le monde de sa cuisine pour mettre les petits plats dans les grands. Même la nappe est neuve. Le repas débute par des petits-fours maison : tapenade, tomates séchées, olives du Sud et anchois du marché. Ça continue avec des coquilles Saint-Jacques fraîches en persillade, accompagnées d'aubergines braisées.

*Mais quel régal !* se dit Maya. Elle a l'habitude de bien manger, à Paris, mais là, l'expérience est plus sensorielle, plus généreuse, plus sereine, sans doute. Pas de montre. Pas de deadline. Le plat, une pintade aux morilles avec son jus au vin délicat, est une merveille.

Maya contemple les convives. Ils sont quatre autour de la petite table mais ils sont bien. Ils forment une famille. Elle n'a pas eu de frère ni de sœur. Longtemps, ça lui a manqué. Le refuge de l'autre, du semblable, les moments de partage. Que faire avec soi-même quand on a dix ans ? Avec l'âge, elle a relativisé. Elle s'est fait des amis aussi proches que l'aurait été un frère ou une sœur. Elle a tissé des liens indestructibles. Et puis, ce dessert qui arrive ne sera qu'à elle, elle, la fille de la maison, qui fait la fierté de ses parents. La tarte au citron meringuée ne fait pas long feu. Elle l'engloutit devant une

Mireille médusée qui vient tout juste de souffler ses bougies. Les estomacs sont saturés, les langues se délient.

— Alors, heureuse, maman ?

— De mes vingt-cinq ans ? Oui !

— Tu es toujours aussi jeune !

José pose une main sur l'épaule de son épouse, comme pour approuver les mots de Maya.

— Madame, vous êtes rayonnante !

Baptiste, gendre idéal devant l'Éternel, joue les flatteurs. Il est sincère et, en même temps, il sait que c'est ce qu'il faut faire.

Maya se lève et va chercher le cadeau.

— Joyeux anniversaire !

Mireille fait mine d'être gênée par tant d'attention mais, au fond d'elle-même, elle jubile. Elle adore les cadeaux, elle a cinquante-huit ans, elle a quatorze ans, c'est pareil. Elle déchire doucement le papier doré et exulte : dans la boîte, un téléphone dernier cri !

— Il ne fallait pas !

— Mais enfin, maman, c'est ton anniversaire.

— Maya, tu travailles si dur. Garde ton argent.

— Si je travaille dur, c'est justement pour faire des cadeaux quand j'en ai envie. Ne te tracasse pas. Et profite !

Mireille a cette incurable manie de protester lorsqu'on la gâte. Ce qui pousse ses proches à se justifier quand ils voudraient être fiers de leurs idées originales. Ça gêne tout le monde, la gêne de Mireille. On ne sait plus comment s'en dépêtrer, comment s'en alléger. Maya en reprend des airs de fillette et finit par regarder ailleurs, les joues rouges.

Baptiste, comme à son habitude, relance la conversation le plus naturellement du monde :

— Mais enfin, Mireille, votre vieux téléphone est bon à être jeté au rebut. Vous allez gagner au change. Joyeux anniversaire !

Elle le regarde gentiment et abdique. Les gendres de sa trempe savent si bien séduire les mères.

— Vous avez raison.

Et elle trifouille l'objet, comme un enfant avide de manipuler un jouet inédit. Elle a l'air si heureuse que le temps file vite. Le spectacle de sa fascination pourrait durer plusieurs heures.

Mais Maya doit travailler. Elle n'a pas terminé de lire le dossier Albec. Le sujet l'obsède depuis hier. Elle a profité de la vie quelques heures, mais ce n'était qu'une parenthèse. Il faut s'y remettre quoi qu'il en coûte. Elle le savait. Elle a tenté de l'oublier. C'est le moment.

L'après-midi se passe pour elle dans la petite chambre devant le bureau. Baptiste est sorti se balader, pendant que les parents s'occupent dans la maison. Au loin, elle entend des mélodies se succéder. Sa mère fait des essais pour choisir sa sonnerie de téléphone, le son à fond. Une ou deux fois, elle a interrompu Maya pour lui demander son avis. Elle ne comprend pas combien le travail de sa fille lui bouffe le cerveau. Chaque interruption lui donne la sensation que sa concentration est hachée menu. C'est douloureux, c'est frustrant. Mais, patiente, Maya a pris le temps de relever la tête, de répondre en souriant et de reprendre le cours de son étude comme si de rien n'était. Cependant, ses réponses laconiques ont dû dissuader sa mère de revenir.

Les heures qui suivent et une bonne partie du dimanche sont consacrées à cette tâche. Elle pensait pouvoir s'accorder du temps pour elle mais quand, à 23 heures, après avoir dîné rapidement, elle s'arrête enfin, elle est trop fatiguée pour se détendre. Direction le grand sommeil avec réveil à 9 heures. La matinée est studieuse et, dès 13 heures, il faut reprendre le train pour la capitale. C'est la triste fin des balades sur la plage et des repas ensoleillés. Pour regagner assez tôt Paris où les attendent les corvées quotidiennes, il faut déjà repartir. Le voyage est long. Elle aimerait pouvoir voler et passer d'une terre à l'autre en trente minutes. La mobilité moderne devrait aller de pair avec la capacité de vivre plusieurs vies à la fois.

Les voilà déjà gare de Lyon. Il fait froid, les taxis tardent, et elle se leste de cent kilos de tracas en pensant à la semaine à venir. Baptiste ne perçoit pas son malaise, elle donne le change. Mais le soleil n'est plus aussi radieux que dans le Sud. Les kilomètres ont voilé son ardeur. Au fond d'elle, avoir quitté ses parents provoque une profonde mélancolie.

# Chapitre 7

Le réveil sonne. Baptiste est déjà parti. Il a une semaine de négociations avec un client américain. Il sait que ce sera un peu difficile mais il est prêt.

Le réveil sonne une fois, deux fois, trois fois. Elle ouvre doucement les yeux et tend le bras pour faire taire l'objet persécuteur. Rien. Son bras n'obéit plus. Quoi ? Elle se touche l'avant-bras pour vérifier qu'elle a des sensations. Il est là. La chair existe, a toujours la même couleur, la même texture. Tout semble normal. Elle essaie de nouveau de tendre le bras. Rien. C'est une blague. Elle est en train de faire un cauchemar. Elle se touche la joue et sent sa pommette. Donc, ça va, le corps est à sa place. Mais toujours aucun mouvement du bras. Elle veut se lever. Le réveil continue de sonner mais elle l'entend au loin, comme si elle vivait dans un univers parallèle. Elle est en plein délire ! Pendant près de trois quarts d'heure, elle tente de faire bouger son corps. Mais plus rien ne lui obéit ! Les membres bougent mais ne veulent pas obéir. Ils refusent de se lever et de répéter les gestes usuels. Elle est à la merci de jambes droites, d'un dos endolori, de bras désanimés, de pieds ankylosés. Elle commence à paniquer. Elle ne comprend pas ce qui lui arrive. *Allez ! Il est temps de se lever !* Mais non, rien ne se passe.

Elle regarde autour d'elle. Son téléphone n'est pas loin. Mais que va-t-elle dire à Baptiste si elle réussit à composer son numéro ? Elle s'imagine clamer que son corps ne lui « obéit plus », et Baptiste de croire à l'autre bout du fil qu'elle est devenue paraplégique. Absurde. De toute façon, que va-t-il faire ? Revenir et lui dire que tout ira bien ? Lui proposer d'aller voir le docteur ? Rester auprès d'elle alors qu'il croule sous les responsabilités ? Non, vraiment, elle ne va pas lui gâcher sa journée.

Elle saisit enfin son téléphone. Ça lui prend quinze minutes pour soulever son bras et appuyer sur les bonnes touches. Elle cherche le numéro de John, l'assistant du dragon, qui veille sur la maison Smartminds. Laborieusement, elle rédige : « John, bonjour, c'est Maya. J'ai un problème personnel et ne pourrai pas venir travailler aujourd'hui. Je pose une journée de congé. Rien de grave, ne t'en fais pas. Rendez-vous demain en pleine forme ! » *Franchement, Maya, tu déconnes à plein tube ou quoi ?! Tu n'arrives pas à bouger de ton lit et tu prétends que, demain, tu seras la reine de la fête au bureau… mais de qui te moques-tu ?* Elle efface la dernière phrase, presse sur Envoyer, éteint le portable et le jette sur la table de nuit, avant de replonger dans un semi-coma, les yeux fermés, la tête vide, les entrailles douloureuses.

La journée suit son cours. Le monde ne nous attend pas, même si tant de naïfs sont convaincus de l'inverse. Maya, elle, est comme fossilisée dans ce moment tragique où plus rien ne compte, plus rien ne marche. Elle est une sorte de zombie. Elle dort sans dormir, elle se sent se vider de toutes ses ressources intérieures, comme si un barrage avait sauté brutalement.

Elle sait à cet instant, dans sa chambre, seule, que plus rien ne sera jamais comme avant. Elle n'a pas les mots, elle ne peut donner de définition à ce qui lui arrive, mais elle ne pourra pas se mettre en colère. Ça ne servirait à rien de se mettre en colère. Et en a-t-elle encore la force ?

Elle plonge insensiblement dans la nostalgie. La nostalgie de la Maya battante qui se lève au quart de tour, admirée pour sa solidité et ses idées fulgurantes. Mais qui est Maya, ce matin ? Qui est cette fille qui se sent extérieure à toute passion ? Elle est pleine de potentiel mais, pourtant, il n'y a plus rien en elle. Elle délire, elle cauchemarde, elle est en sueur, elle a chaud, elle a froid. Elle n'arrive plus à parler. Est-ce qu'elle veut mourir ? Elle ne sait plus ce que serait mourir.

Dans la brume de son esprit, elle distingue le visage de Mireille, ses angoisses et son amour à la fois pudique et généreux. Ça l'apaise, pense-t-elle quelques secondes. Elle ne peut pas laisser Mireille seule au monde. Mireille a besoin d'elle. Même l'ombre d'elle-même, sa chair faible et lasse, Maya a toujours quelque chose pour elle, ce truc indicible qui la fait chavirer, elle a toujours le goût de la sauver.

Pendant ces heures blanches, Maya passe par tous les états. Elle consulte son portable, trois heures, dix heures, peut-être quinze heures plus tard : il est 17 heures. Baptiste sera là vers 21 heures. Elle ne parvient toujours pas à se lever. Elle reprend le téléphone, c'est à peu près le seul objet qu'elle arrive à tenir entre ses mains. Elle envoie le SMS à Baptiste, celui qui lui apportera quelque tranquillité : « Journée folle d'intensité. Je rentre vers 19 heures, une soupe et au lit. Ne t'en fais pas si je dors quand tu es de retour. Je t'aime. » *Menteuse ! Menteuse ! Tu lui dis des mots doux pour le berner. Tu le prends pour un con parce que tu as la frousse face à ta vérité, une vérité que tu ne peux même pas nommer. Sais-tu au fond ce qu'est ta vérité, toi qui passes ton temps à analyser celle des autres ?* Elle est dure avec elle-même mais, en même temps, ça n'imprime pas. Ça lui est égal. Elle remet la tête sur l'oreiller et ferme les yeux pour s'extirper du présent et de son inconstance.

Elle revient à elle. Mais combien de temps durera cette mascarade ? À côté d'elle dans le lit, Baptiste dort. De nouveau, elle essaie de se lever, de nouveau son corps ne répond pas. Mais, cette fois, c'est un cas de force majeure. Elle a envie de faire pipi comme une malheureuse. Elle urge son corps, aiguillonnée par sa vessie qui souffre – les besoins naturels, ça ne se contre pas. Elle réussit doucement à bouger et va vers les toilettes, les cuisses à l'air. L'épisode est bref. Elle revient dans le lit, elle a la bouche sèche et une sensation de picotement partout. En même temps, elle ne sait pas très bien où elle est, comme hier. Elle ne sait pas si elle a mal, si elle est anesthésiée ou bien libérée du poids de ses obligations. C'est très bizarre, ce mélange. C'est peut-être l'émotion qui est trop forte. Elle replonge dans le néant.

Lorsqu'elle rouvre les yeux, Baptiste est déjà parti. Il a tout cru. Il ne s'est pas inquiété. Pour lui, la journée a commencé normalement. Elle, elle n'arrive toujours pas à se lever. Il est 9 heures. Elle doit écrire à John mais n'y parvient pas. Qui va pouvoir la sortir de là ? Soussan. Le docteur Soussan. Le docteur le plus intelligent de la terre, c'est ce qu'elle pense depuis le jour où sa route a croisé celle de ce petit homme, la soixantaine à peine, si sensible et toujours à la pointe des connaissances médicales. Lors de ses séances, il égrène ses dernières lectures, sa réflexion sur le devenir de la science et ses anecdotes de quarante ans de pratique. Soussan est un génie. Il trouvera la solution. Mais elle ne voit pas comment elle va pouvoir aller jusqu'à lui. Elle est incapable de se lever, se laver, être présentable. Elle saisit son portable et compose le numéro de son cabinet.

— Madame, je voudrais voir le docteur Soussan, s'il vous plaît.

— Eh bien, il peut vous recevoir ce…

— Non, je voudrais que le docteur passe me voir. Je ne peux pas me lever, c'est exceptionnel.

— Contactez SOS Médecins, le docteur ne consulte pas à domicile.

— Madame, c'est urgent, vraiment. Dites-lui que c'est Maya Valette et que si je ne le vois pas… je vais mourir.

— Mais enfin, que vous arrive-t-il ? Quels sont les symptômes ?

— Je vais mourir, madame ! (Elle se met à pleurer.) Je ne peux plus rien faire, je ne comprends pas ce qu'est devenu mon corps.

— Redonnez-moi votre adresse. Je vais voir ce que le docteur peut envisager. Je vous rappelle.

Elle a raccroché. Maya n'en peut plus. Cette courte discussion l'a achevée. Elle se remet sous la couette, et elle attend que quelque chose vienne mettre fin à la torture de son corps et de son esprit.

C'est la sonnette de la porte qui la réveille. Elle ne bouge pas. Puis son téléphone se met à sonner. Elle reconnaît le numéro de portable du docteur Soussan. Enfin, quelqu'un qui va comprendre.

— Oui.

— Maya, c'est le docteur Soussan. Que se passe-t-il ? Je n'étais pas loin pour une conférence ce matin. Je suis en bas de chez vous.

— J'arrive.

Le mot n'impulse pas automatiquement l'élan de l'action. Elle ne bouge toujours pas, malgré les tops départ qu'elle se donne. Elle a envie de se laisser tomber et d'ouvrir les vannes des larmes, de la frustration, du dégoût qu'elle s'inspire.

On frappe à la porte de l'appartement. Soussan. Il a réussi à entrer dans l'immeuble. Elle se concentre sur son énergie, tente de la rassembler et de la diriger pour aller ouvrir la porte. Un effort. Un effort suprême, et elle pourra enfin trouver la solution à ce mal qui la ronge. Elle y arrive. Elle ouvre la porte et le docteur Soussan, la moue perplexe, s'engouffre à l'intérieur. Il sourit à demi et demande avec les yeux où peut se dérouler la consultation. Elle désigne la chambre d'un geste faible. Ils y vont. Elle s'assoit sur le lit.

— Alors, que se passe-t-il ?

— Je ne peux plus me lever depuis hier.

— Que ressentez-vous ?

— Je n'existe plus. Mon corps ne m'obéit plus. J'ai du mal à parler.

— Vous avez pris des substances ? Vous avez vécu un événement particulier, ces derniers jours ?

— Non, la routine.

— Que ressentez-vous ?

— Je ne sais pas, je n'ai plus rien.

— Vous êtes triste ?

— Je ne sais pas.

— Si vous deviez localiser votre émotion dans votre corps, elle se situerait où ?

Elle hésite.

— Nulle part. Je ne ressens aucune émotion. J'ai l'impression d'être un champ de ruines.

Lui d'habitude si jovial, si ouvert, il a le visage fermé des mauvais jours, ceux où il se sent impuissant face aux dégâts subis par les corps.

Elle reprend la parole, terrifiée :

— Je vais mourir ?

— Non, Maya. Je ne pense pas.

— Mais que m'arrive-t-il, docteur ?

— Ça dépend. Il y a plusieurs possibilités, Maya. (Il prononce son prénom comme pour la rassurer.) Je préfère avoir vos résultats d'analyses pour poser un diagnostic. En attendant, il faut que vous dormiez ; je passerai vous voir dans deux-trois jours.

Il laissera une ordonnance sur la table du salon. Elle sent qu'il lui prélève un peu de sang, puis une piqûre lui pénètre le bras et lui ouvre les bras de Morphée, tout en élégance, cette fois. Elle ne dit pas un mot de plus. Elle ne lutte pas. Elle arrête de se chercher des raisons. Elle n'a plus peur de mourir. Dormir. Dormir. Dormir.

# PARTIE II

# Chercher

# Chapitre 8

Le réveil n'est pas toujours agréable. Encore moins après un sommeil artificiel, dans lequel n'existent plus les blessures, qui offrent la promesse d'une nouvelle peau, d'une vie nouvelle. Il y a là l'espoir et la tentative de vivre.

Maya a dormi deux jours, peut-être trois. Baptiste, imperturbable, a fait le nécessaire. Prévenu le bureau. Envoyé un SMS à Audrey, la plus proche amie de Maya, pour lui dire que Maya est assez fatiguée et a besoin de soutien. Expédié les papiers à l'Assurance Maladie. Rangé l'appartement pour améliorer le bien-être de sa chérie. Appelé Mireille et José pour les prévenir, surtout sans les alarmer. « Votre fille a eu une petite baisse de régime, mais ça va passer, ne vous en faites pas. »

Ce troisième jour, peut-être le quatrième, Maya se réveille dans l'appartement silencieux. Apprécie-t-on vraiment le silence quand on est au plus mal ? Le silence est l'ami des gens sereins ; ils s'y réfugient pour mieux retrouver plus tard le tumulte du quotidien. Maya, elle, ouvre les yeux dans un cercueil de solitude. Elle ressent le poids de son corps, sans dynamique. Elle n'a pas envie de bouger. Mais son estomac vide crie famine. C'est mécanique, le corps ; la machine peut continuer de tourner même quand l'âme l'a désertée.

Soussan. Il faut qu'elle arrive à revoir le docteur Soussan le plus vite possible, elle ne peut attendre qu'il se manifeste. Elle saisit son portable, sur la table de nuit. Il est déchargé. Il lui faudra patienter une heure avant de pouvoir téléphoner et de prendre rendez-vous. D'ici là, manger. Elle se tourne sur le côté et tente de poser les jambes au sol. Elle a la mobilité d'une petite vieille de quatre-vingt-dix ans – ce qui lui ferait peur si elle y songeait un instant. Mais elle pense peu. Elle veut se lever. Elle y parvient après deux essais, enfile les chaussons bien alignés sur le tapis et fait quelques pas. *Lève-toi et marche, c'est ça.* Elle rejoint péniblement la cuisine et ouvre le store pour laisser passer la lumière. La table est propre. Baptiste s'est vraiment occupé de tout.

Le frigo est rempli à craquer. Elle se jette sur les yaourts, les plus crémeux, ceux qui d'ordinaire la réconfortent. Un pot, deux, trois. Ses parents ont toujours clamé que l'appétit est la boussole de l'humeur. Ceci explique qu'ils ne l'aient pas réfrénée lorsque, adolescente, elle est devenue potelée. Assez vite, son appétit est coupé. Elle n'y arrive plus. Peut-être plus tard, dans quelques heures.

Elle retourne dans son lit, son cocon. Elle y passera la journée et la nuit.

Dès qu'elle pose la tête sur l'oreiller, les pensées affluent comme une meute de chiens déchaînés.

Elle se souvient. Le soir de ses trente ans, presque dix ans après la fin des études. C'est un événement, dans une vie. Elle avait invité une quinzaine d'amis à la maison pour faire la fête. Certains étaient même venus du Sud de la France pour l'occasion.

Vers 19 h 30, alors que Maya s'apprêtait à partir du boulot pour les retrouver, précisément à ce moment-là, le dragon a décidé de lui donner une note de synthèse à préparer. Pas parce que c'était crucial dans le cadre d'une mission urgente. Non, seulement pour marquer son emprise. Leslie n'a finalement validé et envoyé la note au client que six jours plus tard.

Maya a obéi, sans protester. Par souci de bien faire. C'est aussi bête que cela. Elle est rentrée chez elle à 22 heures quand la fête battait son plein. Baptiste avait préféré lancer les festivités plutôt que de faire attendre la joyeuse troupe.

Aujourd'hui encore, plusieurs années après, le souvenir de ses trente ans a un goût aigre. Elle s'en veut de ne pas avoir dit non, de ne pas avoir profité de l'opportunité pour se rebeller une bonne fois pour toutes. Elle se sent complice de la cruauté de Leslie. Elle maudit sa bonne éducation.

Elle revoit aussi le dragon faire la présentation devant le comité de direction de Phelps, un client prestigieux. Maya a tout préparé, tout rédigé jusqu'à la moindre virgule. Et sa manager n'a même pas daigné la citer. Prononcer son nom, reconnaître son existence. Rien. Leslie Andersen s'est attribué tous les honneurs et, enorgueillie de ce regain de popularité, a gagné une trentaine de followers.

Maya se refait tout le film de leur collaboration, se remémore tous les mensonges de Leslie. Cette dernière n'admet jamais quand elle fait une erreur ou qu'elle n'a pas été claire. Elle préfère transformer la réalité plutôt que de reconnaître qu'elle a désespérément besoin des autres pour réussir. Elle est pathétique, mais pas d'autres issues avec elle que de prendre la faute sur soi, faire le dos rond ou démissionner.

Quand le passé ne refait pas surface, c'est le présent qui occupe les pensées de Maya.

Leslie est certainement déjà en train de se vanter sur les réseaux sociaux au sujet de son livre à paraître : un ouvrage sur le monde du conseil. Ouais, sauf qu'elle n'en a pas écrit une ligne. Elle a engagé un brave écrivain fantôme qui avait besoin de mille balles pour ne pas crever la bouche ouverte, dans ce monde où l'Art est un luxe que seuls les riches peuvent se permettre. Le dragon vend son soi-disant sens de l'analyse, alors qu'elle s'est acheté, à bas prix, sa respectabilité, sa validité facebookienne, sa carte intellectuelle. Elle a aussi gonflé son nombre de followers Twitter en faisant trimer un stagiaire.

Maya est en colère. Elle a honte de consacrer son temps, sa vie, à une femme qui respecte aussi peu la vérité. Une femme qui se raconte l'histoire de sa grandeur, de sa bienveillance, de son empathie, quand elle passe son temps à vider ses équipes de leur énergie, jusqu'à ce qu'elles soient asséchées, épuisées, privées de l'envie de bien faire, quand ce n'est pas de faire tout court.

Puis, Maya en vient à songer à Baptiste. Le beau Baptiste. Le mec parfait, qui jamais ne perd son sang-froid. Qui réfléchit à des solutions avant même que les problèmes ne surviennent. Elle ne parvient plus à lui donner quoi que ce soit. À quand remonte donc la dernière fois où elle lui a fait l'amour sans se laisser distraire par des deadlines de boulot, ses dossiers, la sieste dont elle rêve… ? Trop de choses à faire. Trop de lignes sur la *to-do list* de la semaine. Et lui, toujours compréhensif, solide, vaillant. Que faire de cette perfection au moment où ses forces vives disparaissent de la surface de la terre ? C'est ça, elle sent qu'elle se liquéfie, se dissout dans l'air ambiant.

Elle traîne un cynisme inhabituel. Trop de tensions, trop de contradictions, trop de jours à supporter les cruautés des autres alors qu'elle voulait une vie intéressante, simple. Une vie qui ne la condamne pas à sacrifier l'essentiel à l'insignifiant. Une vie où vous ne perdez pas le tiers de votre temps en tâches inutiles. INUTILES. En e-mails sans queue ni tête, en conflits stériles avec des collègues aigris, en injonctions paradoxales de managers insensibles, égoïstes et inefficaces… Elle a de la tendresse pour les difficultés ; elle abhorre les difficultés évitables. Et puis, d'un coup, un sentiment de culpabilité la submerge. L'argent, l'urgence, la traîtrise de l'argent. Elle a toujours cru qu'un bon salaire arrangerait tout. Que soudain, tout aurait un sens. Que José et Mireille pourraient dormir tranquilles, fiers comme des rois et des reines. C'est ce que l'on croit au début. Puis le mirage redevient ce qu'il est au fond, ce qu'il n'a jamais cessé d'être, ce que nous savions sans le dire : une histoire qui a mal tourné.

Le corps affaibli, incapable de repousser les idées noires qui reviennent lancinantes, Maya tente d'identifier comment elle s'est fourvoyée, et quand son histoire à elle a mal tourné ; était-ce à la fin de l'été dernier ?

À son retour de congé, elle a prétendu comme tout le monde aspirer à une existence plus calme. Mais non, ce n'est pas vrai, il faut être désiré à nouveau, demandé sur le marché, *bankable*. Une activité qui faiblit, c'est une part de marché personnelle qui rend l'âme. La tartuferie de ces rentrées répétitives est sans limite. L'hypocrisie vertigineuse.

Comme chaque année, Maya a aussitôt calé des rendez-vous tous azimuts durant les quatre mois à venir, comme pour les mettre sous contrôle. Elle a envahi les réseaux sociaux pour traquer les preuves de succès d'autrui et vendre sa camelote en guettant les notifications comme une morte de soif.

Au bureau, le dragon était particulièrement infâme, à cause du dossier Albec, qui était pourtant géré le plus efficacement possible. Elle arrivait tous les matins menaçante et cassante. Son stress était contagieux. Les arrêts-maladies ont fleuri dans l'équipe.

Malgré cela, Maya a avancé avec assurance sur d'autres dossiers, formant au passage deux consultants juniors. Si elle savait communiquer à ses équipes les éloges des clients, répondre à des compliments lui demandait des efforts. En fait, elle doit ressembler à Mireille : elle n'aime pas recevoir des marques de gentillesse. Elle ne sait pas y faire.

Baptiste la couvrait de cadeaux, d'attentions, lui concoctait des sorties culturelles le week-end, invitait des amis à dîner et s'occupait de tout. Médusée par son efficacité, elle essayait de suivre le rythme en tenant à jour ses *to-do lists.* Sans elles, c'est sûr, elle ne survivrait pas. Peu à peu, elle a appris à les structurer (les tâches urgentes sont signalées par des points d'exclamation, le moins urgent est relégué au verso).

Cependant, se charger des corvées pouvait lui prendre des semaines. Que ce soit trouver un artisan pour repeindre le plafond ou expédier la paperasse administrative aux impôts. Elle s'en occupait le plus souvent à la pause-déjeuner ou quand elle parvenait à se glisser dans une salle de réunion vide.

Les semaines se sont enchaînées, les déplacements aussi. Elle n'avait pas une minute entre chaque projet pour reprendre son souffle. Plus de temps non plus pour appeler Audrey et se raconter leurs vies comme elles le faisaient chaque week-end, même pour quinze minutes. Elle était otage de l'organisation des autres. Si un membre de l'équipe réclamait un délai supplémentaire ou ne répondait pas illico, elle devait relancer, suivre le sujet. Ça lui demandait une grande énergie pour écluser, nettoyer la liste de tâches.

Elle veillait à ne pas faire peser sur autrui la pression qu'elle éprouvait. Elle estimait que c'était une forme d'impolitesse. Que ses collègues et collaborateurs avaient droit à ce qu'elle ne s'accordait pas à elle-même : un peu d'indulgence. Leurs difficultés lui étaient plus insupportables que les siennes, c'est comme ça. Pourtant, personne ne lui avait demandé d'être cette chevalière servante. Elle avait le sens du devoir, c'est tout. Et la conviction qu'elle tiendrait mieux le choc que les autres. C'est comme ça qu'on comprend qu'on est en vie : on fait des erreurs dans nos appréciations.

Par ailleurs, elle s'efforçait de se conformer au discours de l'entreprise, qui visait à toujours plus de rentabilité. Au fond, il lui semblait absurde. Comment pouvait-on imposer des objectifs de plus en plus gourmands à ses salariés sans même leur indiquer la voie ? Comment pouvait-on considérer que tout dépendait de leur bonne volonté ? De ces efforts en plus qu'ils consentiront en cas de forte charge. De ces sentiments de frustration qu'ils réprimeront pour plaire à des clients. Le troc était injuste, elle le sentait. Mais elle n'avait d'autre choix que de rationaliser ce qui ne tenait pas debout et de trouver les mots pour que ce système ait l'apparence de la légitimité aux yeux de ses collaborateurs. Certains s'en contentaient. D'autres la fusillaient du regard mais acceptaient le marché de dupes afin de s'affranchir de leur prêt immobilier. D'autres ne savaient pas quoi en penser. Ils étaient jeunes, le temps de l'innocence n'était pas mort.

Plusieurs fois, cet automne, Maya a croisé Léo dans les couloirs. Tout le monde, à commencer par elle, appréciait le jeune homme. Il aidait ses collègues à mieux travailler, à juguler la cadence, à reprendre leurs esprits. *Il sait être à côté des autres sans prendre la direction, sans s'imposer, sans jouer les donneurs de leçons. Il est subtil, juste, appliqué. C'est rare pour un gamin de son âge.* En se faisant cette réflexion, Maya s'est surprise elle-même : était-elle déjà vieille, déjà flétrie par les habitudes ? Qu'on rentre vite dans le rang ! Il suffit souvent d'un peu de confort et de perdre ses rêves de vue…

Elle courait, elle courait, Maya. Jamais comblée, jamais rassérénée. Si elle s'arrêtait, que se passerait-il ? Elle ne pourrait plus repartir. Les opportunités se raréfieraient. Elle ne pourrait plus subvenir à ses besoins. Baptiste gagnait très bien sa vie, mais elle ne voulait pas dépendre de son compagnon. Elle voulait compter sur elle-même, ses idées, son énergie.

Pendant cet automne de la mort, elle ne s'est pas rendu compte qu'elle s'est mise à parler vite. À ne plus écouter ses interlocuteurs. Elle s'agaçait dès que quelque chose ou quelqu'un ne suivait pas son rythme. Dès que la machine se grippait et lui causait du tort. Sa patience s'amenuisait, son humeur s'assombrissait, ses nuits devenaient de plus en plus agitées.

Et puis elle n'a plus rien ressenti.

Ne plus être sollicitée, dérangée, interrompue, elle voulait être seule au monde, ou plutôt seule dans un monde qui n'existe pas, qu'elle n'a pas su créer. Elle étouffait. Elle passait du rire aux larmes comme ça, soudainement. Elle ne se souvenait plus du dossier étudié la veille alors qu'elle acceptait d'en assumer de nouveaux. Elle simulait la bienveillance, mais son cœur était rongé par le cynisme. Elle se répétait qu'elle allait y arriver, qu'elle *devait* y arriver, sans savoir qui l'y aiderait. Elle avait peur mais prétendait être forte et fière. Elle hurlait intérieurement contre Leslie, mais lui répondait doucement lorsque le dragon exigeait d'augmenter la cadence. Le feu couvait depuis des semaines. Et tout en elle était en train de craquer. Très bientôt, son corps allait la lâcher.

# Chapitre 9

Une semaine s'est écoulée depuis que Maya a craqué.

— Alors, comment vous sentez-vous, aujourd'hui ?

Assis au bord du lit, le docteur Soussan la regarde d'un air goguenard, même dans la tourmente. Cette gaieté vous donne envie de vivre, c'est sûr.

— Je ne sais pas si je sens quoi que ce soit, docteur. Disons que je respire, que je suis là à côté de vous. Pour le reste…

— C'est quoi, le reste ?

— Je ne sais pas, avoir envie de quelque chose, sans doute. Pouvoir se lever avec une intention.

— Hum. Vous avez envie de pleurer ?

— Non, je ne crois pas.

— Vous avez faim ?

— Parfois. Ça va, ça vient. Je n'arrive pas à me concentrer sur ce que je fais. J'ai l'impression d'avoir faim, puis, une fois que je commence à manger, je pense à autre chose. Et puis j'ai l'estomac en feu. Je régurgite comme un nouveau-né. Sans compter mon mal de dos. Ça me tiraille toute la journée ; le soir, c'est comme si j'avais un fardeau de cent kilos sur les épaules.

— Vous vous portez à merveille, dites-moi !

Soussan essaie d'alléger le mal par la parole.

— Comme vous dites. Mais de quoi je souffre, docteur ? D'une dépression, c'est ça ?

— Attendons les résultats. Mais, quoi qu'il en soit, sachez que ce n'est pas votre faute.

Aïe, elle sent des larmes lui monter aux yeux. Il a touché un point très sensible. Elle peut s'effondrer d'un moment à l'autre.

— Pas ma faute ? C'est bien moi qui me sens mal !

— Et alors, vous croyez que les gens choisissent leurs maladies ? Vous vous imaginez aller dans un supermarché des maux et faire votre shopping ? Allons bon…

— Enfin, quand on fume, on risque d'avoir un cancer, non ? Je veux dire, on l'a un peu cherché.

— Oui, parfois. Mais pas toujours. Vous avez contracté une maladie, Maya. Votre seule responsabilité, c'cst la manière dont vous allez y réagir et en guérir. Il s'est passé quoi, ces derniers mois ?

Aïe, aïe, aïe, il a touché un autre point sensible.

— À vrai dire, je ne sais pas trop. L'année a filé. J'ai beaucoup travaillé. Je suis partie en vacances avec mon compagnon.

— C'était différent des années précédentes ?

— Non, pas vraiment. Mais c'est peut-être ça, le problème. J'ai le sentiment de dilapider mon temps et mes efforts, tout ça pour des sorties et des vacances. De ne pouvoir prétendre à plus.

— À plus ?

— Oui, faire des choses qui auraient plus de sens. La vie ne se résume-t-elle donc qu'à travailler ? À fond. À se payer deux-trois bricoles. Et puis à mourir. C'est ça ?

— Je suis médecin, Maya. Pas philosophe.

Il a un ton ironique, mais doux.

— Vous êtes capable de philosopher, docteur ! Ce n'est pas comme ma chef.

— Votre chef. Que vient-elle faire là-dedans ?

— Elle est responsable de ce qui m'arrive. Elle ne me laisse jamais respirer. Elle ne me fait pas confiance. Elle pointe toujours les moindres défauts. J'ai l'impression de m'épuiser à lui plaire, et qu'elle n'en a pas conscience. Elle a zéro sensibilité. Je cours après son humanité.

— La question est surtout : pourquoi vous sentez-vous obligée de le faire ? Non ?

Maya hésite.

— Par acquit de conscience.

— Vous avez un contrat de travail. Pas un contrat de moralité. Ce contrat, c'est une transaction. Pas la relation dont vous rêvez.

— C'est peut-être ça le souci.

— En attendant, il vous faut du repos. Couper avec vos habitudes. Accepter le vide, le silence.

— Le vide ?

— Oui, ne cherchez pas à occuper vos pensées ou vos journées. Laissez les choses se faire.

— Combien de temps vais-je être arrêtée, docteur ?

— A minima un mois.

Elle tressaille. Elle a l'impression qu'un complot se trame contre elle et en même temps, paradoxalement, elle se sent coupable. Un mois, ça n'est pas possible ! Comment le justifier au dragon ? Que va-t-on penser d'elle chez Smartminds ? Qu'elle est lâche, qu'elle a craqué ?

— Vous plaisantez ?!

Il la regarde tranquillement.

— J'ai l'air de plaisanter ? Bon, je vais vous prescrire des médicaments pour votre dos, votre sommeil, votre anxiété. Si vous voulez, vous pouvez prendre aussi de l'homéopathie. On se revoit dans un mois. D'ici là, je vous appellerai une fois par semaine pour faire le point.

— On ne se revoit pas avant ?

— Je ne pense pas que ce soit utile. Ce sera long, Maya, je ne vous le cache pas. Vous êtes épuisée. Et si vous retournez trop vite à votre vie d'avant, vous risquez de ne jamais vous en remettre.

Elle devient livide. Il reprend sur un ton plus léger :

— Rassurez-vous, je suis certain que vous allez vous en sortir. Mais cela demande du temps. Pour une fois, prenez-le.

L'angoisse l'envahit à l'idée de sortir de la bonne société parisienne, des circuits du monde du travail, de se voir refuser les opportunités qu'on réserve aux gagnants, aux énergiques, aux endurants.

Soussan lit dans ses pensées :

— Maya, vous verrez que le monde va continuer de tourner sans vous. Et que le jour où vous aurez envie d'y retourner, vous retrouverez une place. On n'est pas ce qu'on croit. On est plus, en fait. On est mieux. Ayez cela en tête si vous pouvez. Ceux qui vous disent l'inverse n'ont jamais cherché à se réaliser.

— Docteur… c'est un burn-out ?

Elle prononce le mot comme si elle risquait d'invoquer un monstre indomptable, un monstre qu'elle connaît mal mais qui la tue.

— C'est possible. Mais quel que soit son nom, vous allez faire face.

Elle se cale sur son oreiller en pensant aux mots du docteur Soussan. Ses mots toujours réparateurs. Elle se les repassera encore en boucle lorsqu'elle avalera l'anxiolytique qu'il vient de lui prescrire.

# Chapitre 10

Quelques jours plus tard, Soussan la rappelle. Lui toujours si pétillant, il lui annonce le diagnostic très précautionneusement :

— Maya, j'ai reçu vos résultats d'analyse sanguine. Confrontés à vos ressentis, je pencherais pour un burn-out. Ce n'est pas une certitude, mais c'est le diagnostic que je pose au vu des premiers éléments.

*Burn-out.*

Le mot est lâché. Maya l'a entendu quelquefois, mais elle ne sait pas ce que ça veut dire, ce que ça implique concrètement. Elle a vécu jusque-là une existence protégée. Elle ignore que les démons peuvent naître et être nourris par sa propre main, qu'ils peuvent grandir quand on s'oublie soi-même afin de servir les intérêts des autres. Qui est responsable ? Les gens autour de nous qui cherchent à nous contraindre ? Ou notre propre inclination à jeter au feu nos valeurs, nos sentiments, nos rêves, en échange d'une reconnaissance en toc ?

Les jours qui suivent sont un gouffre. Baptiste lui murmure des mots doux avant de partir dans la précipitation du matin.

Chaque jour, il lui envoie cinq ou six SMS, auxquels elle ne répond qu'avec des émoticônes. Des cœurs ou des sourires, des larmes et des têtes contrariées. Elle se manifeste juste assez pour ne pas l'inquiéter. Elle a encore cette attention-là pour lui. José et Mireille la laissent tranquille. Baptiste est son garde du corps ; il leur a dit qu'elle a eu une baisse de régime et qu'elle se repose. Chaque soir, en beau-fils modèle, il envoie le SMS rassurant : « Elle va bien. Elle dort tranquillement. »

Une fois, Maya a parlé à sa mère. Elle a veillé à s'exprimer d'une voix forte et presque gaie. Elle a menti comme une arracheuse de dents. Et ça a marché, à peu près. Mireille a sans doute eu besoin d'entendre que tout allait bien. Ce besoin dépasse celui de vérité. Comme la plupart des gens.

Maya vit dans le silence et dans le noir, elle qui a tant cherché la lumière et le faste du succès. Elle ne lit plus tous ses SMS, elle qui par le passé était scotchée à son téléphone. Elle pourrait appeler Audrey ou ses copains de fac, mais le simple fait de tenir une conversation – pendant laquelle en plus on la criblerait de questions – la fatigue d'avance. Audrey lui envoie presque chaque jour des messages doux et tendres avec des photos : « Tu te souviens de notre week-end sur la Côte sauvage ? Qu'est-ce qu'on a rigolé quand le serveur nous a prises pour des amoureuses ! » Chaque fois, Maya a envie de l'appeler. Mais, au dernier moment, elle renonce, elle ne trouve pas l'énergie. Et elle lui renvoie un mot lapidaire, faussement enthousiaste, tout en sachant que sa vieille amie n'est pas dupe : « Tu m'y emmèneras à nouveau ! » Audrey se fait aussi la porte-parole de leur groupe d'amis : « Bertrand t'embrasse. » « Ludo a hâte d'être au prochain dîner ensemble. » « Mareva a enfin trouvé un mec ! » Maya répond par des « Félicitations ! », des « Bravo ! », des « Vivement ! » affectés. Écrire à toute la bande ne lui vient même pas à l'esprit. La plupart du temps, les relations sociales sont nourrissantes. Mais quand vous êtes épuisé et hors service, elles sapent le peu de vitalité qu'il vous reste.

Le bureau ne s'est pas manifesté. Leslie doit avoir envie de lui crever les yeux *a la mano*. Mais ça lui est assez égal. Cette tueuse ne pourra pas la sauver. Les rendez-vous clients, les deadlines, les projets absurdes l'indiffèrent – la vie professionnelle, cette farce, l'indiffère. C'est comme si ce qu'elle avait chéri naguère avait perdu toute consistance. À la place, son corps se rappelle constamment et péniblement à son bon souvenir. Les douleurs musculaires s'avivent au fil des jours. Ça tire de partout. Ça la dévore.

Un matin, elle reçoit un SMS d'un numéro inconnu. Un message laconique : « Comment vas-tu, Maya ? *Piano piano ?* » Elle comprend que c'est Léo. C'est gentil de sa part de prendre de ses nouvelles. Il se peut qu'elle ait souri en lisant son message. Mais elle n'en est même pas certaine.

Elle passe beaucoup de temps sur les réseaux sociaux. Elle s'abrutit de la vantardise impudique des nouveaux clients décrochés, des maisons de vacances, des voitures neuves, des ventres ronds de femmes enceintes… Elle lit jusqu'à écœurement les analyses en deux cent quatre-vingts caractères des pseudo-intellectuels qui prétendent refaire le monde. Ça ne lui apporte rien. Ni joies ni perspectives d'avenir, ni même le sentiment de s'intéresser aux autres. Et, en même temps, elle ne parvient pas à décrocher.

Un lundi, une quinzaine de jours après le passage du docteur Soussan, elle décide de se lever. Baptiste a redoublé d'attentions pendant le week-end : il lui a fait des petits massages, lui a rapporté des fleurs, a cuisiné son plat préféré, un soufflé au fromage avec un peu de jambon blanc. Peut-être que ses gestes tendres ont fini par débloquer quelque chose. Elle a envie de troquer son pyjama pour une tenue d'intérieur et de sortir du lit. Rien de radical, mais c'est un petit mieux.

Elle se lève doucement et se change rapidement pour ne pas fléchir. Dans le miroir, sa peau a perdu de son éclat. Plus de crèmes, plus de soin. De femme apprêtée, elle est devenue une coquille vide et toute fendillée.

Elle va s'asseoir à son bureau, là où elle passait les week-ends à bosser. Elle n'a jamais posé assez de limites. Pendant que Leslie brassait du vent en représentation, les gens de l'équipe faisaient le boulot. On pourrait se dire : c'est normal, c'est la chef. Les chefs ne font que ce qui les arrange. Normal, vraiment ?

Maya a déjà évolué dans sa tête, depuis quinze jours. Elle a l'impression d'être à des années-lumière de l'acharnée qui trimait à ce bureau. Le problème, c'est qu'elle ne sait plus qui elle est. Elle trifouille dans les dossiers en face d'elle, les parcourt rapidement, allume l'ordinateur et met la radio. Dire Straits, *Sultans of Swing*. C'est ça, dans la vie, il faut du swing et de la gravité.

Elle ouvre le tiroir de droite, bourré de trucs inutiles qu'elle s'est promis de ranger un milliard de fois. Ranger fait du bien, mais ça prend du temps. Et ce temps, elle n'en a jamais à disposition. Tout s'empile depuis des semaines, des mois, des années.

*On s'y met, Maya ?* S'acquitter de cette petite mission lui donnerait l'espoir de pouvoir en accomplir d'autres cette semaine, demain. Elle pense à son enfance, quand son père l'encourageait à être active, à l'aider dans la maison, à jardiner avec lui. Elle aurait voulu être une petite fille à nouveau. Retrouver une existence sans factures, sans responsabilités, sans mensonges, sans ambitions. Une existence poids plume, où l'innocence, l'insouciance ne seraient pas plombées par des années d'éloignement de soi.

Elle vide le tiroir, jette des choses dont elle ne sait même pas comment elles ont atterri là : des bouchons de vieux stylos, une reproduction d'une photo dédicacée de Freddie Mercury, des petites pochettes cadeaux de Noël déchirées. Bon sang, c'est un vrai ramassis ! Et puis, au fond du tiroir, cette pochette en cuir noir, vieille et abîmée. Sa gorge se serre. C'est la pochette de sa tante Marguerite. Elle la lui a donnée avant de mourir d'un cancer.

Plus solaire que José, plus compréhensive aussi, sa tante lui rappelait les personnages malicieux de Pagnol, cigales dans la voix incluses. Depuis dix ans qu'elle a disparu, Maya pense à elle chaque jour. Elle se dit parfois que si le Ciel existe, elle espère la retrouver. Elle se le dit très vite, sans trop s'attarder, pour ne pas pleurer. Laisser derrière soi, c'est aussi survivre.

Elle caresse la pochette, respire quelques instants l'odeur de vieux cuir – c'est un véritable trésor sentimental. Elle est un peu usée. Et là, dans une poche zippée sur le côté, Maya déniche un petit papier à moitié froissé :

*Angie*
*06 34 18 01 00*
*Quand tu voudras*

Au verso, elle remarque un dessin maladroitement tracé au crayon. Elle le regarde longuement et parvient enfin à identifier l'objet représenté : c'est un sablier.

# Chapitre 11

Maya est fébrile. Le docteur Soussan l'a appelée hier pour confirmer son diagnostic initial.

Chaque jour depuis le début de son congé maladie, elle lui a envoyé un compte-rendu de sa journée. Elle a utilisé le Dictaphone de son téléphone, car il lui reste un peu de voix à défaut d'avoir de la force. Alimentation, douleurs, selles, idées noires, mémoire et concentration. Elle a tout enregistré. C'est ce journal qui a mis en évidence un burn-out.

Soussan a du métier. Il aimerait se tromper mais il y a trop de symptômes concordants. Maya parle de son travail en permanence, elle l'évoque avec tour à tour haine et regret ; tout événement de sa vie professionnelle a pris une importance démesurée, irrationnelle. Elle a investi dans son job « une passion totale », comme elle dit. Une passion monstrueuse, transformée en douleur.

Elle passe encore beaucoup de temps au lit. Audrey a proposé plusieurs fois de lui rendre visite, mais elle a refusé. Maya connaît son amie, elle sait qu'elle va finir par débarquer à l'improviste. En attendant, elle se barricade et ne voit personne à l'exception de Baptiste.

Chaque soir, il commande un bon petit repas. Il lui sourit beaucoup, il la voudrait revenue sur terre, à eux. C'est peine perdue. Pour le moment, elle est encore un esprit dispersé dans un corps cotonneux. Elle a des problèmes d'oreille interne, ce qui perturbe son sens de l'équilibre. Elle essaie de se confier à Baptiste, mais elle ne parvient pas à faire des phrases de plus de dix mots. À présent, il en a presque pris l'habitude. Il lui pose des questions courtes, le plus souvent sur son état ou sur le repas. Ils tentent de combler l'absence de discussion par une complicité des regards, des sourires. C'est bouleversant et un peu ridicule en même temps.

Toute la journée, Maya ressasse encore et toujours des anecdotes de scènes chez Smartminds qui l'ont déçue, vexée ou mise en colère. Sur le moment, elle ne leur a pas accordé d'importance. Mais elles se sont incrustées dans sa mémoire, et leur souvenir ne la lâche plus. Maya a été une bombe à retardement. Trop occupée à bâtir son propre empire, elle a cru que la médiocrité et les compromis quotidiens ne l'atteignaient pas. Mais, maintenant, dans la solitude de sa chambre, elle ne peut plus s'éviter. Elle doit composer avec ce qu'elle avait de plus personnel, de plus intime. Son altruisme incurable, son sens de l'honneur. Elle doit refaire corps avec elle-même avant de retrouver le goût du monde extérieur.

Dans son esprit qui tourne en boucle, elle revoit Léa, cette fille qui, il y a deux ans, a bénéficié de deux mois d'arrêt-maladie en prétextant un burn-out sans que l'entreprise prenne la moindre part de responsabilité. Elle avait trop à faire, et les injonctions paradoxales du dragon l'avaient laminée, avait-elle argué. Solidaire, tout le monde a compati.

Chaque salarié de Smartminds sentait que ça pouvait lui arriver aussi. Sauf que, durant son arrêt, Léa a été aperçue dans les soirées les plus hype de Paris, une coupe de champagne à la main et riant à gorge déployée avec ses copines. Le comble : à la fin de son arrêt, elle a demandé à quitter l'entreprise rapidement pour s'engager dans une autre activité professionnelle. *Très chère, tu m'expliqueras comment tu es passée de l'abattement à l'ambition retrouvée. Moi, je n'ai pas la solution. Je ne sais même plus ce qu'est l'ambition.* La hantise de Maya est d'être prise pour un imposteur. Que son malêtre soit considéré comme une excuse bidon dissimulant le caprice d'une fille trop pressée. Ou d'être prise pour une inadaptée, quelqu'un dont la sensibilité à fleur de peau est incompatible avec les codes de l'entreprise. Elle veut qu'on la croie, qu'on respecte ses sentiments, c'est déterminant pour elle. Elle veut être comprise. Ça l'aidera dans son malheur.

Elle passe beaucoup de temps à écouter de la musique ou à regarder toutes sortes de vidéos sur YouTube. L'un de ses visionnages quotidiens : Johnny Hallyday au Parc des Princes, en 1993. « Je serai là. » En rouge, seigneur sanglant, le regard perçant qui fend les cœurs par milliers. « Dans le souffle d'un vent géant, Dans le sourire du printemps, Quand tu voudras, je serai là. » Mais comment faisait ce mec pour donner une telle intensité à des mots aussi ordinaires ? Dès qu'il chantait, il réveillait la mort. Il est plus fort que la mort. C'est cette folie-là qu'il inspire. Elle a envie de se blottir contre lui.

Le petit papier de Marguerite ne quitte pas son esprit. Sa tante lui a toujours porté chance. Elle l'a conseillée pendant son adolescence sur ses choix scolaires, sentimentaux. Elle a écouté ses chagrins. Elle lui a raconté les histoires de famille. Si elle lui a laissé les coordonnées de cet Angie, c'est sûrement pour une bonne raison. Maya rêve qu'il lui sauve la vie. *Allez, Maya, tu vas l'appeler et tout s'arrangera. Ta vie cabossée redeviendra droite et rieuse. Les jours heureux reviendront.*

Mais elle n'en fait rien, car elle redoute que tout ne puisse pas s'arranger, ou qu'il soit trop tard. Elle préfère savourer encore un peu l'idée qu'elle s'en sortira. Ce petit jeu mental parvient presque à lui faire plaisir entre deux crises de larmes. Elle s'extirpe des draps, ouvre le tiroir, touche le papier, le regarde avec gourmandise, puis le repose délicatement. Elle referme ensuite le tiroir en regardant autour d'elle pour être bien certaine que personne ne viendra dérober son trésor.

Ce matin, après avoir ainsi joué à cache-cache pendant quelques jours, elle se dit qu'il est peut-être temps de se lancer. Elle se sent particulièrement épuisée. Elle a sondé le haut de sa tête, ses joues, son cou, son ventre, ses seins, son pubis, ses cuisses, ses mollets, ses pieds. Tout est en place, mais tout est mou, sans vitalité. Elle ne voit pas comment faire pour réactiver ses membres, provoquer quelque étincelle. Cet Angie pourrait-il en être capable ?

Elle compose le numéro. Messagerie. *C'est bien ma veine ! J'ai mis des jours à l'appeler et c'est foutu.*

Elle attend quinze minutes, peut-être trente. Dans l'intervalle, elle donne sa chance au sommeil, qui l'ignore superbement. Celui-là, quand on le cherche, il vous fait un bras d'honneur. Et quand vous le repoussez, il essaie de vous dominer comme un fou.

Ah, ça sonne.

— Oui ?

Waouh. La voix de Barry White. Maya hésite :

— C'est Maya. Enfin, je veux dire, la nièce de Marguerite.

— Oui.

*C'est une question ou je continue ?*

— Vous voyez qui je suis ?

— Oui, très bien.

— Ça me rassure.

— Qu'est-ce que je peux faire pour vous ?

Ils se parlent pour la première fois de leur vie, et au bout de quelques secondes à peine, il lui demande ce qu'il peut faire pour elle ?! Elle a tellement pris l'habitude des ronds de jambe qu'elle est éberluée par ce franc-parler. Que cache cette question directe ? Peut-être rien. On perdrait moins de temps en partant du principe que les autres ne cherchent pas à nous enfumer.

— Je ne sais pas si vous pouvez faire quoi que ce soit.

— Ça commence bien. Alors, pourquoi vous m'appelez ?

*Ouille. Il est brut de décoffrage. Son truc, ce n'est pas le fleuret moucheté, mais plutôt l'uppercut.*

— J'ai trouvé vos coordonnées. Marguerite m'avait laissé votre numéro.

— Ah… vous m'avez appelé juste pour entendre ma voix ? dit-il sur un ton ironique.

*Il se moque d'elle en plus !*

— Euh non.

— Alors, vous crachez le morceau ? Quel est le problème ? Je suis à votre écoute mais il va falloir que vous m'aidiez un peu.

Elle sait qu'il sait. Il dit qu'il ne sait pas mais il sait. Il ne ment pas pour mentir. Il ment pour l'écouter.

— Je ne sais pas par où commencer. Je me sens vraiment mal. Je suis tombée dans un abîme. Un trou noir. Je ne sais plus qui je suis, ce que je veux.

Elle se retient de fondre en larmes, mais ne peut continuer à parler.

— Vous ne l'avez peut-être jamais su, vous savez. Et il y a des milliers de gens qui l'ignorent jusqu'à leur mort. Je sens que vous avez envie de pleurer. Alors je vais parler un peu le temps que vous retrouviez votre calme. Je crois que la plus grosse bêtise de l'homme, c'est de vouloir tout planifier. D'abord, c'est irréaliste. Ça ne se passe pas comme ça. Chaque fois que vous voulez contrôler l'avenir, vous vous plantez. Il y a trop d'hommes ou de femmes que vous pourriez être, qui vivent d'autres vies que la vôtre. Le premier secret de la vie, c'est de la vivre.

— Ça veut dire quoi ?

Elle reprend un peu ses esprits.

— Ne comptez pas sur moi pour vous donner des définitions. Écoutez, je ne suis pas votre guide, mais je veux bien être votre compagnon de fortune pendant quelque temps.

— Mon compagnon de fortune ?

— Oui, la fortune, au sens du hasard. Voici ce que je vous propose : vous pouvez m'appeler tous les jours entre 18 h 30 et 19 h 30 précisément. Si vous loupez le coche, on se parle le lendemain. On parle de ce que vous voulez mais à une condition : je ne vous raconterai pas ma vie et je déteste les questions. D'où je viens, qui je suis, ce que je fais de mes journées, ça me regarde. Si je souhaite en parler, je le ferai spontanément. Ça vous va ?

— Oui. On peut essayer.

— À demain alors. Reposez-vous.

Il a raccroché. Sans traiter Maya comme une victime, il a réussi à lui apporter de l'aide. Elle ne sait pas si ça résoudra son problème, mais elle a envie de tenter le coup.

# Chapitre 12

S'ensuivent parmi les conversations les plus passionnantes de sa vie. Elle n'a aucun objectif dans sa journée si ce n'est d'appeler ce type énigmatique à la voix rhythm and blues. Elle ne sait jamais de quoi ils vont discuter. Elle ne sait jamais s'il sera de bonne humeur ou expéditif. Elle ne sait pas bien ce qu'elle lui livrera. Mais elle le fait. Et ça se passe bien.

Ils sautent du coq à l'âne. Ils parlent de musique, du changement climatique, des modèles de chaussures à la mode, de voyages, de people, des réseaux sociaux, de la philosophie antique, du chocolat, de la guitare qu'elle aurait voulu avoir à dix-huit ans. Souvent, elle en revient au travail ou à Baptiste. Elle évoque aussi ses parents.

Il ne donne jamais de conseils directs, il écoute, il rebondit sur d'autres sujets. La plupart du temps, elle a quand même le sentiment qu'il devine ce qu'elle va lui dire. Mais ce don divinatoire ne tempère aucunement le plaisir qu'elle ressent à se confier à lui. Oui, elle ressent du plaisir, elle l'admet.

Oh, rien d'érotique. Angie lui inspire un intense sentiment de liberté, l'impression de ne pas être jugée.

Elle ne sait rien de lui. Elle a juste compris qu'il devait passer une bonne partie de son temps à l'étranger. Sans doute en Espagne. Un endroit chaud. Elle parierait sur l'Andalousie, car elle l'imagine avec un immense espace derrière lui. C'est ça, il doit l'appeler assis sur un muret, dans un village blanc, et il domine la campagne alentour. Elle a peut-être trop d'imagination, mais l'image lui plaît.

Elle ne dit rien à Baptiste. Il ne comprendrait pas. Il s'inquiéterait, se demanderait pourquoi elle raconte sa vie à un inconnu, timbré, de surcroît. Il voudrait même se rendre compte par lui-même de qui est Angie. Elle se sent parfois coupable de ses cachotteries. Mais elle ne veut pas renoncer à cet espace de liberté. Par le passé, elle a dépensé tant d'énergie pour des faux-semblants. Elle veut laisser sa chance à ce chemin de traverse dont elle ne connaît pas le tracé. Tant qu'il la préserve de l'anéantissement, il faut l'essayer.

Par acquit de conscience, elle en parle au docteur Soussan. Ça l'amuse beaucoup. D'après lui, une discussion amicale, aussi insolite soit-elle, ne peut pas lui faire de mal. Il lui suggère cependant les noms de quelques psychologues de ses amis au cas où cet énigmatique Angie se révélerait un gros farceur. Elle apprécie qu'il fasse confiance à son jugement. Finalement, c'est à elle seule de décider si elle poursuit ou non cette relation inespérée.

Et puis Soussan se concentre sur d'autres sujets : il surveille l'état de sa peau, de son appétit. Il lui explique longuement que le cortisol, l'hormone du stress, a provoqué de sérieux dégâts à force de se loger dans tous ses organes. Il faut réparer. Elle a toutes sortes de médicaments à prendre :

anxiolytiques, protecteurs gastro-intestinaux, antivomitifs. À cela s'ajoutent de l'homéopathie – Arnica montana 9 CH et Kalium phosphoricum 9 CH, trois à cinq granules deux ou trois fois par jour – ainsi qu'une série de baumes magiques, bons pour le cœur : crèmes pour le corps, le visage ou les mains, huiles essentielles et massages à s'auto-administrer les matins où la peine désenflait et la laissait plus libre de ses mouvements.

Pendant qu'elle s'occupe tant bien que mal de ce corps en loques, son esprit, lui, suit sa route.

Un vendredi, alors qu'elle a déjà eu une quinzaine de discussions avec Angie, Maya a soudain envie de lui en dire plus sur elle. Est-ce un élan de vie ou un rapprochement logique ? Peu importe.

— Angie…

— Oui.

— On a parlé de beaucoup de choses ces derniers jours. Mais je ne vous ai jamais dit ce qui m'est arrivé.

— Et alors ? C'est important pour vous que je le sache ?

Il est toujours ainsi. Direct, tranchant, mais si profondément empathique qu'elle ne s'en offusque pas.

— Maintenant, ça le devient. C'est peut-être une étape.

— Alors, allez-y, Maya.

— Il y a quelques semaines, je me suis… écroulée. Plus de jus, plus d'énergie. C'est comme si un truc avait tout ravagé en moi. Je me suis réveillée en ruines.

— Il y avait quoi en vous avant, Maya ?

— Que voulez-vous dire ?

— Qu'est-ce qui a brûlé, Maya ?

— Mes habitudes.

— Vous êtes sûre ?

— Non.

— Répondez sincèrement à cette première question : qu'est-ce qui a brûlé ?

— Je suis incapable de vous répondre.

— Vous réfléchissez trop.

— C'est possible.

— Essayez de vous laisser parler.

— *Me* laisser parler ?

— Qu'est-ce qui parle en vous ?

— Comment ça ?

— J'ai l'impression que ce n'est pas vous qui parlez pour vous.

— Ah…

— Vous savez quoi : ne forcez pas. On se reparle demain.

— Angie ! Ne partez pas.

— Je ne pars pas. Je vous laisse vivre, ma chère Maya. À demain.

La discussion la hante toute la nuit. Elle ne comprend pas où il veut en venir et ça la fatigue d'essayer de le percer à jour. Elle a hâte d'être à la prochaine discussion afin d'enquêter sur ses propres émotions par son intermédiaire à lui. Il lui donnera des indices ou lui posera des questions déclics, c'est sûr. Il a le don de faire sauter les verrous, l'air de rien.

— Bonjour, Angie.

— Bonjour, Maya. Vous êtes ponctuelle, aujourd'hui.

— Vous vous moquez de moi, il est 18 h 45.

— On a dit « à partir de 18 h 30 ». Tout va bien, vous êtes à l'heure.

— Angie… ?

— Oui ?

— J'ai réfléchi à notre discussion d'hier et je ne comprends toujours pas votre question. Ça m'angoisse de ne pas avoir la réponse.

— Pourquoi ça vous angoisse ?

— Parce que si je parviens à comprendre ce qui a brûlé, je pourrais le réparer, le reconstruire.

— Hum… pourquoi voulez-vous le réparer ? lâche-t-il après un épais silence. En général, on répare ce à quoi l'on tient. Vous y tenez, à ce qui a brûlé ?

— J'ai l'impression que oui.

— Vous y tenez ou ça vous tient debout ?

— Comment ça ?

— Ces trucs qui remplissent votre vie, vos obligations, votre carrière dans un cabinet de conseil *ultra chic* (il prononce ces mots en singeant l'accent parisien), vos rendez-vous de réseautage, tout ça… ça dit quoi de vous ?

— Je ne sais pas. Que j'ai des choses à faire ?

— Oui, mais plus profondément.

— Ils me procurent un statut.

— On se rapproche. Et puis ?

— Des raisons d'être.

— Oh là là, vous allez loin, là. Maya, je n'aime pas donner les réponses, mais en voici quand même une : ils procurent une place dans la société. C'est-à-dire que ce sont ces choses, ces habitudes, ces paravents qui finissent par vous définir. Jusque-là, ça peut marcher. Mais à une condition.

— Laquelle ?

— Que vous restiez libre. Si tout ça s'arrête, ce n'est pas grave. Ces trucs ne sont pas vous. C'est une forme de comédie. C'est une scène de théâtre. Cette vie-là est un jeu. Vous en connaissez les règles, vous les maîtrisez. Tant mieux pour vous. Le jeu vous entraîne, il vous divertit, il vous réjouit. Mais s'il devient vous, si vous perdez la distance, vous êtes bonne à disparaître. Vous deviendrez une joueuse. Et, un jour, vous perdrez tout.

— J'ai déjà tout perdu ?

— Je ne pense pas. Car votre corps et votre tête vous ont imposé de faire cesser ce mensonge. C'est qu'ils avaient des garde-fous. Ils vous ont sauvé la vie, Maya. Et, maintenant, je me tais parce que je parle trop, ce soir.

— Pouvons-nous poursuivre demain ? J'ai le sentiment que ce que vous venez de me dire est très important. Je voudrais le digérer.

— D'accord. Pour le digérer mieux encore, allez donc au 7, rue des Thermopyles, près du métro Plaisance, un mardi soir hors vacances scolaires, à 19 heures précises. Entrez dans la petite cour, le portail n'est jamais fermé. Demandez Roger à l'entrée au rez-de-chaussée. Vous en faites ce que vous voulez, mais je crois que ça peut vous être utile.

— Et il se passe quoi rue des Thermopyles ?

— Je vous laisse le découvrir.

Il raccroche, comme toujours, vif et sans scrupule. Il lui a déjà donné beaucoup ce soir. Et elle le sait.

# Chapitre 13

Les jours qui suivent, Angie n'évoque plus la rue des Thermopyles. Maya brûle de percer le mystère livré par son confident. Mais, en même temps, l'effort de s'habiller et de sortir lui semble une épreuve de titan. À la tombée de la nuit, elle a encore plus de craintes que le jour. Certains matins, elle a le sentiment de retrouver de l'allant. Ça ne dure jamais bien longtemps, mais elle y croit quelques secondes. Le soir, au contraire, elle est plombée par ce que la journée a charrié de mauvaises pensées, de nouvelles tristes et de déception envers elle-même. Dans ces conditions, se traîner à l'autre bout de Paris, très peu pour elle.

Trois semaines passent. Son corps lui fait toujours mal et elle ne voit pas bien les progrès de son état.

Audrey a fini par lui rendre visite un soir, sans mettre Baptiste dans la confidence. Elle a cherché à la faire rire de mille manières. C'est qu'Audrey, avocate spécialisée en droit pénal, a plus d'un tour dans son sac. Son métier est très technique. Alors, en dehors du boulot, elle laisse libre cours à ses facéties pour enjoliver son quotidien. Elle est passionnante, et Maya lui a souvent envié son originalité et sa force de caractère. C'est aussi le style de femme qui vous rabat le caquet illico si vous avez la hardiesse de la contredire. Une sorte de Leslie Andersen mais au cœur d'or. Maya a été heureuse de la revoir et a fini par lui confier la déroute des derniers mois au bureau, sa haine du dragon, la frustration créée par la conscience de sa propre médiocrité alors qu'elle voulait devenir une star dans son domaine. Audrey a plaisanté, réconforté. Elle a embrassé Maya plusieurs fois et promis de revenir très vite. Ça fait chaud au cœur, mais c'est infime face au feu qui ravage tout.

Léo, quant à lui, l'a appelée hier pour s'enquérir de son état. Il était en pause-déjeuner et il lui parlait entre deux bouchées de jambon-beurre. Elle a décroché, curieuse d'avoir des nouvelles du bureau. Le dragon est fidèle à elle-même. D'après Léo, elle ne parle jamais de Maya. Elle fait comme si elle était morte. Et elle l'est, d'une certaine manière, puisque dans l'esprit utilitariste de Leslie Andersen, Maya appartient maintenant à la classe des inutiles. Elle ne rapporte plus d'argent. Sa performance est nulle. Sa valeur ajoutée managériale, comme ils disent chez Smartminds, est inexistante. Donc, elle est *out* du système.

Maya est blessée de ne pas recevoir de messages de ses collègues, mis à part Léo. Ils sont lâches, sans doute, ou ils s'en fichent. Ils sont comme le dragon, finalement.

Léo a tenté de la faire rire. Il a osé être naturel. Ça la touche profondément. Depuis que sa maladie s'est déclarée, Baptiste et ses parents la préservent de tout. Les parents de Baptiste l'appellent aussi et chuchotent comme si le son de leurs voix était devenu dangereux pour elle. Elle ne s'est jamais sentie très proche d'eux. Ils sont trop autocentrés, trop soucieux de leur petit confort matériel. Avec eux, les discussions tournent généralement autour de leur dernière acquisition immobilière ou automobile, ou de la destination exotique qu'ils vont découvrir l'été prochain. Ils peuvent en parler pendant des heures. Léo, lui, est attentif à ce qu'elle dit, elle le sent. Il soupçonne peut-être que son corps entier lui fait mal, que c'est le bordel dans sa tête. Pour autant, il ne la traite pas comme une petite fille non plus.

Encouragée par sa délicatesse, elle a fini par lui parler de la rue des Thermopyles : « C'est une adresse conseillée par un ami. Mais je ne sais pas très bien si je peux sortir. Je ne sais plus rien du tout. » Elle n'en a pas dit davantage. Il lui a alors proposé de l'accompagner jusqu'à la porte. « Jusqu'à la porte ? — Comme si on sortait du lycée et que je te laissais devant chez toi. » En plus, ce n'est pas loin de chez lui. Une fraction de seconde, elle se demande si Baptiste pourrait l'accompagner. Non, il rentre à 20 heures au plus tôt. Si elle le prie de l'accompagner, il devra annuler des réunions pour elle. Elle ne veut pas désordonner son emploi du temps déjà minuté. Et elle veut qu'il le propose par lui-même.

La voilà engagée. Elle soulève sa carcasse alourdie, enfile un jean et un pull rouge, commande un taxi. Vingt-cinq minutes et 17 euros plus tard, elle descend à côté de la grande tour, symbole du quartier Montparnasse.

Léo l'attend sur le parvis de la gare, et ils feront le trajet à pied. Elle le retrouve, gauche et mal à l'aise. Il porte un costume qu'elle lui a vu chez Smartminds naguère. Elle déglutit. L'image la renvoie direct au bureau, elle ne s'y attendait pas. Il perçoit sa gêne. Alors, il fait comme toujours : il lui sourit. Un sourire franc, le sourire de quelqu'un avec qui on a quelque chose à partager.

Ils parlent peu pendant le trajet. Elle est focalisée sur les émotions qui l'agitent intérieurement. Paradoxalement, ça la sauve du vacarme des rues. Elle ne regarde pas autour d'elle, tandis qu'ils marchent d'un pas tranquille. Elle pense déjà à ce que peut lui réserver la rue des Thermopyles. Ce mystère qui va encore changer sa vie. Ou pas du tout. Elle pense à Angie et elle lui en veut soudain de ne pas lui en avoir révélé davantage. Mais au fait qui doit l'écrire, la suite, Maya ?

Dans la douceur de cette fin d'automne, ils débarquent rue des Thermopyles. Devant le numéro 7, Léo la regarde gentiment.

Le petit portail est entrouvert, comme l'avait dit Angie. Il est 18 h 50, il est presque temps. Elle peut encore faire demi-tour. Elle a envie de retourner dans son lit. Elle fixe le sol pavé du regard. Osera-t-elle affronter l'inconnu ?

Léo respire calmement. Il continue de sourire. Il garde le silence quand tant d'autres auraient fait un long discours d'encouragement. Il n'a pas de plan d'action. II attend de voir. Et ça la décide. Son immobilité la libère. Elle lui sourit doucement à son tour, puis elle entre dans la cour. Au moment de taper à la porte du rez-de-chaussée, elle se retourne et murmure d'un filet de voix un peu embrumé :

— Merci, Léo.

# Chapitre 14

La salle est magnifique. Maya vient de pénétrer dans une bibliothèque qui semble dater du XVIIIe siècle, avec au centre une vieille table en bois entourée d'une quinzaine de chaises. Sur la nappe d'un goût très ringard reposent de délicieuses tartes aux fruits et des carafes de jus de différentes couleurs. On aurait envie de tout manger. Maya en oublie qu'elle est à Paris, se croit presque à la campagne.

L'homme qui lui a ouvert la porte s'affaire dans une petite pièce attenante. Roger – son prénom est inscrit dans une typographie vieillotte sur son badge – ressemble à Alfred Hitchcock, la bonhommie d'un grand-père en plus. Il l'a invitée à s'asseoir sans même lui demander son nom. « Nous ferons les présentations plus tard », a-t-il dit dans un sourire.

Maya s'est installée dans un coin et admire les livres autour d'elle. Il y en a des milliers. Des vieux bouquins d'antan, des poches, des exemplaires rares. Elle ne peut détacher les yeux des étagères. Pendant toutes ses années de boulot acharné, elle a peu lu pour son plaisir. Mais elle sait que c'est une erreur. Un travail qui vous empêche de lire est un mauvais travail. Elle se souvient d'une interview de Toni Morrison, qui racontait avoir choisi de devenir écrivain pour retrouver le temps de lire.

Pendant ce temps, la salle se remplit tranquillement. Une dizaine de personnes entrent une à une jusqu'à 19 h 10. Des hommes, des femmes, des gens d'un certain âge, des jeunes, de toutes origines. Cette diversité l'émerveille ; elle a toujours regretté l'uniformité qui régnait chez Smartminds. « Trop de temps perdu ! » s'écriait Leslie lorsque Maya cherchait à recruter des stagiaires un peu différents. Il fallait faire dans le standard, dans la reproduction parfaite.

Certains ont dans les mains des salades maison, d'autres du pain aux céréales ou des petits plats, d'autres encore des briques de jus de fruits.

Il est 19 h 15 et Roger ouvre la séance par un discours d'introduction :

— Mes chers amis, merci d'être venus si nombreux ce soir. Je vais rappeler les règles du Cercle des brûlés du travail pour les nouveaux.

» Le Cercle a été fondé pour lutter contre l'impact nocif du capitalisme financier. Il s'efforce de sauver les travailleurs que la Sécurité sociale ne peut aider faute de moyens et que les entreprises dénigrent, refusant de reconnaître leur responsabilité dans la situation. Ici, nous combattons le mal-être professionnel par la bienveillance, l'amour, la liberté. Nous condamnons les salauds qui, par cupidité, brisent des vocations, des vies. Nous nous parlons pour tisser des liens qui nous protègent de leurs nuisibles appétits. L'objectif ultime du Cercle est sa propre disparition, quand le besoin auquel il répond aura lui aussi disparu ; ses fondateurs sont des citoyens anonymes au sujet desquels je ne vous en dirai pas plus.

» Comment ça fonctionne ? On vient quand on veut. On repart quand on veut. On parle si on veut. On ne parle pas si on ne le souhaite pas, sauf à la fin de la séance pour donner son sentiment sur les échanges du jour. On apporte toujours quelque chose à manger ou à boire. À 21 heures précises, chacun repart. Votre présence, notre présence ici se fait en toute confidentialité.

» Chers tous, nous ne laisserons pas ce monde à l'agonie. Le travail doit donner de la dignité. Pas de la peur. Vous m'entendrez souvent répéter ces mots.

Maya a l'impression d'être dans un autre monde. Roger, les gens autour de la table, ce rituel étrange, c'est assez surréaliste. Elle espère ne pas être tombée dans les griffes d'une secte. Non, c'est Angie qui l'a envoyée là, il n'y a rien à craindre.

Roger reprend :

— Je vais offrir aux nouveaux venus notre emblème : le sablier. Le temps du sablier est un intervalle de confiance entre vous et vos décisions. Prenez le temps de le retourner avant d'agir. Ne vous précipitez pas. Le temps perdu est perdu à jamais. Et n'oubliez pas que le sable n'est pas ce que l'on croit. C'est un mélange de marbre calciné, de coquilles d'œufs, de plomb ou de zinc. Le mélange de chaque sablier est unique, a son propre rythme d'écoulement. Mon conseil est simple : au quotidien, chaque fois que vous vous poserez une question importante, retournez le sablier. Ne vous laissez pas berner par les apparences. Ne vous laissez pas dompter par le temps. Allez tranquillement chercher en vous les possibilités de réponses. Souvent, il y a plusieurs possibilités. Faites-vous confiance, et la vie vous indiquera la bonne réponse, celle qui *vous* correspond. N'hésitez pas même à retourner plusieurs fois le sablier. Ce n'est pas dramatique. Souvent, on nous fait croire que les choses sont urgentes pour nous empêcher de les remettre en cause. À notre époque, la réflexion passe pour improductive. Eh bien non ! Le sablier est votre allié pour privilégier votre sens critique à tout réflexe productiviste. Entrez profondément en vous-même.

Il ouvre un carton sous la table et en sort des sabliers ; ce sont des babioles, achetées probablement dans un bazar du quartier. Il tend à Maya un sablier rouge et un bleu. Y a-t-il un choix plus judicieux que l'autre ? Elle prend le rouge, juste parce qu'il est assorti à son pull.

Puis, en hôte parfait, Roger fait tourner les salades et les tartes, chacun se sert et est invité à se présenter. Maya sera l'une des dernières. Cela la rassure, même si sa gorge se noue de plus en plus au fur et à mesure qu'elle entend les histoires de ses compagnons. Ces dernières années, c'est son CV qu'elle présentait dans les dîners en ville. Elle a perdu l'habitude de parler d'elle au-delà de son statut social. Dans cette salle d'un autre temps, elle a conscience que ça serait décalé, dérisoire, que ça les ferait sourire peut-être mais qu'elle resterait à l'écart de la danse des confessions. Cette danse où l'on se livre sans filtre, où l'on exprime ce qui a une véritable valeur.

Elle a spontanément renversé son sablier rouge et regarde le sable s'écouler tout en tendant l'oreille.

Myriam, quarante-deux ans, assistante sociale. Vingt ans à écouter la souffrance de gens sans espoir. Trois enfants à charge. Son mari est parti avec une jeunette quand le mal a été diagnostiqué. Elle adore son travail mais il l'a usée. Elle veut croire qu'elle pourra reprendre une activité.

Tobias, allemand. Fait une thèse en philosophie, mais tout le monde s'en fiche. Ce n'est pas assez « productif ». Isolé, sans amour et sans attention, épuisé par de petits boulots au noir.

Victoire, actrice intermittente, qui a été diagnostiquée bipolaire à vingt-huit ans. Elle enchaîne petit rôle sur petit rôle et craque souvent. Elle a déjà pris de la cocaïne, mais elle résiste plutôt bien à la tentation de se droguer encore. Plus elle chute, plus elle travaille. Mais, intérieurement, elle va de pire en pire.

Capucine, un prénom de fleur et une bouille lumineuse. Elle est infirmière et a travaillé plus de dix ans aux urgences jusqu'à ce qu'elle s'effondre, sérieusement, l'an dernier. Elle dit aimer encore son travail, mais être incapable de retourner dans une maison de soin.

À ce stade, Maya songe à quitter la pièce, en évitant les regards des « Brûlés ». C'est la cour des miracles, à mille lieues de son univers habituel. En même temps, comme elle, ils ont tous en commun une fêlure béante liée à leur besoin d'accomplissement.

D'autres présentations suivent, puis vient le tour de Sacha, la fille assise à côté d'elle. Maya l'a remarquée immédiatement parce qu'elle aussi a les cheveux roux, un roux soutenu mais qui ne vous saute pas au visage. Elle est très jolie, du genre pulpeuse et sexy sans trop en faire. *Elle doit avoir tous les hommes à ses pieds*, se dit Maya. Sacha a la voix de Jeanne Moreau. Elle a été comédienne comme Capucine, qu'elle semble connaître car elle la regarde souvent. Et puis, elle a chuté. Elle voulait de l'argent, user de son corps pouvait le lui apporter rapidement.

Elle a commencé par des relations sexuelles tarifées initiées via Instagram. Des opportunités faciles avec des mecs ordinaires qu'elle sélectionnait sur leur physique d'abord – grands et plutôt bruns – et en fonction de leur richesse apparente. Elle leur demandait de lui montrer leur appartement. Tout homme vivant dans un lieu miteux ou sale était disqualifié illico. « Les mecs bien prennent soin de leur caleçon et de leur logis », disait-elle souvent à ses copines d'infortune. Et puis, elle a intensifié le système. Elle « travaillait » tout le temps. Elle pouvait gagner jusqu'à 500 euros par jour, parfois plus de 3 000 euros par semaine. Non déclarés, tout dans la poche.

Elle a rejoint un ou deux salons de massage du XVe arrondissement. Des salons très particuliers, aux vitrines opaques. Les clients, qui entrent là en toute connaissance de cause, sont conduits dans des chambres roses ou rouges. Les y attendent des filles souvent masseuses, mais surtout tristement prêtes à tout pour payer leur loyer ou nourrir le gamin qu'elles ont eu avec un ex violent ou simplement négligent.

Sacha n'aimait pas le sexe, pas plus que la moyenne en tout cas, contrairement aux idées reçues. Elle voulait simplement gagner de l'argent rapidement. Elle ne multipliait pas les relations. Une par jour en moyenne, mais très bien rémunérée.

Au bout de quelques mois, à force de sueur et de larmes refoulées, elle avait amassé un pécule. Et surtout, elle avait rencontré l'amour, le vrai, celui qu'il ne faut jamais laisser passer, en la personne de James, un client américain qui vivait à quelques pas de la tour Eiffel. Après un moment agréable au salon de massage, il l'avait invitée chez lui. C'était doux et agréable. Il la recevait avec du thé raffiné, des bonbons acidulés d'une marque prestigieuse anglaise et des attentions de toutes sortes. Elle a cru qu'il tombait amoureux. En fait, il voulait coucher avec elle tout en ayant bonne conscience. Cela n'avait rien à voir avec l'amour. Lorsqu'elle s'en est rendu compte, ça a été terrible pour elle, car elle s'était attachée à sa douceur comme une alcoolique à sa dernière bouteille. Vivement. Aveuglément.

Elle est tombée enceinte. Elle voulait que ça arrive, elle avait parfois « oublié » de prendre sa pilule. Elle pensait que cet enfant les rapprocherait pour toujours. James a accepté de reconnaître Lila, une adorable petite fille, et lui versait une importante somme d'argent chaque semaine. Mais d'amour, point. Alors que Lila avait trois ans, Sacha a fait un burn-out, décrochage sévère, plus de sons, plus d'images. Elle a été incapable de sortir de son lit pendant trois mois. Une infirmière est venue à domicile une fois par jour pour lui prodiguer des soins. Elle a perdu dix-huit kilos. La petite Lila a été confiée à Amandine, une des rares amies de Sacha.

En entendant son histoire, Maya se sent viscéralement triste. Elle se sent un peu ridicule, aussi. Ses histoires de boulot lui paraissent soudain insignifiantes, secondaires, des problèmes de riches. Elle a envie de se réfugier sous la table pour dissimuler sa honte sidérale.

Son tour est venu. Elle se lance péniblement, la voix tremblante :

— Bonjour… je suis Maya. Je travaille beaucoup. Je suis fatiguée de ce rythme effréné. Et, surtout, la dirigeante de ma boîte est un tyran. On l'appelle même le dragon. (Elle regarde autour d'elle, étonnée par sa propre audace.) Je ne sais plus quel est le sens de ma vie. J'ai un compagnon, Baptiste, mais… je m'en veux de lui faire supporter tout ça. Je me sens petite. Je me sens merdeuse… *(Maya, arrête, là, tu t'enfonces !)* Bref, un ami m'a recommandé de vous rejoindre. J'espère que ça va bien se passer.

Elle scrute les visages de l'assemblée, craignant d'y déceler quelque trace de moquerie, quelque mimique du type « Je suis plus fort que toi ». Mais elle ne voit rien d'autre que des regards et des sourires compatissants. Cela fait un bien fou d'être soi, imparfait, parfaitement imparfait, parmi des gens qui n'attendent rien d'autre, rien de plus que ce que vous êtes au moment présent.

Maya jette un œil à Sacha, qui lui adresse un sourire et lui pose la main sur l'épaule. Bizarrement, le geste ne la dérange pas. Elle le trouve naturel.

Maintenant que les présentations sont finies, Roger s'éclaircit la voix.

— Aujourd'hui, c'est Tobias qui nous guide.

Le jeune homme a décidé de parler du corps brisé, de la manière dont le burn-out l'a vidé de toute sensation véritable et a vidé sa tête du moindre élan de vie, pendant des mois. Il invite chacune et chacun à imaginer et à rédiger les dialogues entre différentes parties de leurs corps, que celles-ci aient ainsi l'occasion d'exprimer leurs émotions. Que dit votre tête à votre cœur ? Que disent vos pieds qui ne veulent plus avancer à vos bras transis ? Que répond votre estomac quand vous essayez de le nourrir ?

Maya a du mal à entrer dans l'exercice mais, après quelques ratures, elle prend un malin plaisir à faire converser ses mains et sa tête. Les mains s'agitent, ont envie d'attraper le dragon par le cou. La tête est fatiguée, lasse et veut dormir paisiblement.

Dans un deuxième temps, ils reproduisent l'exercice par binômes pour que chaque participant puisse partager avec un autre les émotions désordonnées qui parcourent son corps. Maya est avec Sacha. La première écrit le ressenti de ses pieds, la seconde écrit ce qu'elle a dans la tête. Ensuite, elles se lisent leurs textes. Elles finissent par éclater de rire, car la tête de Sacha n'arrive plus à faire fonctionner ses pieds quand les pieds de Maya en veulent à sa tête vide. Elles s'embrouillent dans leurs sensations mais, au moins, elles en ont quelques-unes.

Enfin, Tobias prie chacun de partager ses impressions avec toute l'assemblée. Martin, un chauffeur de taxi d'une cinquantaine d'années, évoque l'inertie de ses mains qui ne veulent plus conduire de véhicule. Il a beau les encourager mentalement, elles n'obéissent pas. Le récit de cet homme banal qui ne pourra plus jamais conduire une voiture est touchant à en pleurer. Il avoue encore que, bizarrement, il peut pousser le landau de sa petite-fille née il y a dix jours. Ses mains reprennent vie lorsqu'il s'agit de veiller sur les gens qu'il aime.

Il est déjà 20 h 30. Le temps s'est envolé. Roger propose une session de yoga relaxant centrée sur la partie du corps qui a le plus souffert pendant la séance.

— Concentrez-vous, dirigez votre énergie, soufflez.

Il les guide d'une voix douce, hypnotique, tandis qu'il fait lui-même l'exercice. Il y croit. Il est dedans. Maya sent son cou se relâcher. C'est là, sur ce pont entre sa tête et ses membres, que se sont concentrées ses tensions. Elle pourrait presque s'endormir, mais elle n'est pas encore assez en confiance.

À 20 h 55 tapantes, Roger met fin à la session de yoga et à la réunion du jour :

— Chers toutes et tous, vous avez vécu ce soir une séance du Cercle des brûlés du travail. Vous êtes encore brûlés, mais j'espère que la blessure est moins vive. Je vous souhaite une belle semaine et, surtout, n'oubliez pas : vos sabliers vous rappellent que le temps est notre bien le plus précieux. Prenez-le pour ce qui est important. Bonne soirée.

# Chapitre 15

Maya repart dans un état second, comme dans un enchantement. Cette soirée a-t-elle réellement eu lieu ? Elle a même l'impression de ne plus être malade. Sacha l'accompagne dans la rue quelques mètres. Puis Maya commande un taxi. Sacha, elle, préfère marcher.

Dans le taxi, elle reçoit un SMS de Léo : « Alors ? » Incapable de trouver les mots justes, elle opte pour une émoticône : un visage timide aux joues rouges. Le symbole de quelqu'un qui a fait une expérience inattendue et l'a appréciée avec gourmandise.

Quelques secondes plus tard, Baptiste y va aussi de son SMS. Maya rosit légèrement. Recevoir des messages de deux hommes simultanément la replonge à l'époque du lycée, quand Sébastien et Gaspard se disputaient ses faveurs. Ce n'était pas désagréable, à vrai dire… Depuis, elle ne s'est jamais retrouvée dans des situations ambiguës avec plusieurs hommes en même temps. Avec un tressaillement, elle se reprend elle-même : il n'y a pas d'ambiguïté avec Léo. Elle lui sait gré de se soucier de sa santé. Il ne dégage pas de charge érotique. C'est un collègue, qui serait plus comme un petit frère, c'est tout.

Elle répond à Baptiste : « Je suis en route, j'arrive dans vingt-cinq minutes environ. » Cela fait des lustres qu'elle n'a pas été aussi organisée, aussi normale, anticipant son besoin à lui. Elle n'est plus une gamine assistée et hésitante. Elle est une femme dans le soir de Paris, occupée et attendue. C'est très revigorant de regoûter à la vie normale. *Normale ? Ça veut dire quoi, normale ?*

En rentrant chez elle, elle s'attable avec Baptiste. Il a commandé des mets chinois, très fins et appétissants. Au Cercle, le trac lui a noué l'estomac et elle n'a rien touché. Elle ressent maintenant une certaine envie de manger, pas très forte, mais suffisante pour rester à table sans avoir la nausée. Il n'en revient pas. Il n'a pas bien compris où Maya est allée (un cours de yoga émaillé de discussions ?), mais il perçoit tous les bienfaits de son escapade. Ils se mettent à discuter de tout et de rien, comme au bon vieux temps. Elle le trouve très beau et sûr de lui. C'est Baptiste. Ses propres difficultés ne semblent pas avoir entamé son assurance et sa capacité à profiter de l'instant, à être concentré.

Au bout d'une heure, elle ressent une certaine fatigue. Afin de ne pas le décevoir, elle le prévient gentiment qu'elle va se doucher puis se coucher. Elle a besoin de dormir. Pour la première fois depuis très longtemps, fermer les yeux ne lui semble pas ouvrir la porte des enfers. Le sommeil lui tend les bras, innocents.

Le lendemain, Maya ressent une grande gratitude envers Angie. Elle l'appelle à l'heure de leur rendez-vous quasi quotidien :

— Allô ?

— Oui, Maya.

— Oh, merci pour votre conseil ! J'ai passé un moment vraiment intéressant au Cercle.

— De rien. Le Cercle est un endroit rare. Malheureusement, il sera sans doute amené à se développer par les temps qui courent. Vous allez y retourner ?

— Oui, je pense. Mais je ne peux pas vous le certifier. Il ne faut pas que je prenne le sentiment qui m'anime pour argent comptant. Une semaine, c'est long, dans mon état.

— Je comprends. Et la couleur alors ? Vous l'avez choisi rouge ?

Il sait, pour le sablier.

— Oui, comment vous avez deviné ?

— Je ne vous ai pas donné une adresse dont j'ignore tout. Un jour, je vous expliquerai peut-être.

Ne pas poser de questions. Rester au bord de la falaise. Regarder le vide. Faire confiance à ses propres décisions. La conversation suit son cours. Un jour, Maya saura peut-être quelle est la place du Cercle des brûlés du travail dans la vie d'Angie. En attendant, elle se contente du bonheur fragile mais réel d'avoir pu intégrer ce groupe mystérieux.

Chaque jour, elle utilise le sablier. Elle ne pose pas de questions. Elle prend simplement le temps de regarder le sable s'écouler. Quelques minutes pendant lesquelles elle s'entraîne à respirer et à faire le vide dans son esprit. Cette bulle la protège et lui permet de faire une pause revigorante quand elle gamberge le reste du temps entre doutes, peine, peur et ennui.

Le mardi suivant, elle est prête à retourner rue des Thermopyles. Elle se sent même capable d'y aller seule.

Elle demande simplement au taxi de la laisser à proximité – marcher une dizaine de minutes lui dégourdira les jambes. Rester couchée des journées entières au lit ou sur le canapé n'est pas très bon pour la circulation du sang et la santé en général. Elle a pris quatre kilos en un mois, car elle est devenue un peu vorace par moments. Elle se demande si c'est l'envie irrépressible de revivre qui l'anime ou au contraire des épisodes de boulimie dus au burn-out. Depuis peu, elle s'est résolue à prononcer le mot tout bas ou à se le dire mentalement. D'après Camus, mal nommer les choses, c'est ajouter au malheur du monde. En donnant vie au mot, elle parviendra peut-être à le matérialiser, puis à l'éliminer. Telle une chasseuse, elle repère sa proie, elle va la cerner puis l'étouffer sans hésiter. Chaque fois qu'elle pense au burn-out, elle se l'imagine comme un corps noir aux yeux fixes qui met ses bras voraces autour d'elle, puis répand ses lianes sombres jusqu'à ce que tout parte en poussière.

La deuxième séance de Maya au Cercle des brûlés du travail est étonnante.

C'est Corinne qui parle le plus. Cette cheffe d'entreprise, entomologue à l'origine, a elle aussi succombé au trop-plein de travail. Son mari l'a quittée. Ses enfants n'ont pas supporté de la voir amoindrie, ratatinée par la douleur, et ils ont coupé les ponts avec leur père. Elle propose au groupe de bâtir à deux le projet de leurs rêves. Un projet qui ressemble à leurs envies profondes, avec des moyens sans limites, comme s'ils disposaient d'une baguette magique.

Maya se met avec Sacha de nouveau parce que, malgré ses blessures, la jeune femme lui inspire un sentiment positif. La petite Lila dort dans sa poussette, derrière elle. Sacha n'a pas réussi à la faire garder ce soir. Roger, en gentil ordonnateur, a accepté sa présence sans broncher.

— Allez, on se lance, Maya ?

Sacha aime le jeu et la créativité.

— Oui, tu te vois où ?

— Dans un endroit ensoleillé, avant tout. C'est basique, mais la météo joue sur l'humeur. Le Sud ou l'Espagne.

— D'accord. On adopte ça, ça me correspond aussi.

— Tu veux dire qu'on monte un projet à deux ?

— C'est plus motivant, non ? Et puis tu ne ressembles pas à un dragon sanguinaire.

Maya se surprend à spontanément évoquer sa vie chez Smartminds avec une quasi-inconnue. Comme quoi, des valeurs communes peuvent rapidement créer une intimité.

— Bon, on fait quoi, dans ce projet, Maya ? On aide des gens ?

— Oui, on peut aider des gens à aller mieux.

— Infirmières en chef !

— Ou animatrices de jeux pour se détendre. Voilà, j'aimerais exercer un métier qui permette aux autres de se sentir mieux.

— Mais pas de massages !

Sacha a dit cela sur le ton de la plaisanterie, mais qui ne dissimule pas totalement le traumatisme de son passé.

— Non, pas de massages. Des idées, des ateliers, de la cuisine.

— Un lieu de vie, quoi !

— Oui, dans une très belle maison. Avec du bois – c'est plus chaleureux –, aux couleurs de la Méditerranée, aux odeurs de lavande et de miel.

— C'est cliché !

— Tu crois ? Ce n'est pas plus cliché que de vivre à Paris dans des bureaux étriqués et sans charme.

— Hum... Tu as raison. Et sinon, on fixerait nos tarifs à la tête du client. En fonction des revenus, des moyens.

— Tu es communiste ou quoi ?

— Non, réaliste. Si tu fais payer aux gens en fonction de leurs possibilités, ils reviendront plus nombreux. Tu as une stratégie de volume. Et, à terme, ça peut créer beaucoup de valeur parce que tes principes seront raccord avec tes services.

De vraies créatrices d'entreprise dans l'âme ! Maya s'amuse comme une folle, même si elle ne le reconnaîtrait pour rien au monde. À dix-huit ans, elle a songé à ouvrir une crêperie ou une librairie. Mireille l'en a dissuadée, l'incitant à suivre plutôt des études « solides » qui lui assureraient un rang social. Près de douze ans plus tard, par la magie d'un jeu thérapeutique, Maya fait un retour aux sources. La vie aurait-elle le don de nous renvoyer à des rêves enfouis, des rêves qui parfois ont été enterrés avant l'heure ? Des rêves qui nous ont effrayés tant ils étaient grands. Nous les remisons dans un coffre de notre esprit et, parfois, nous oublions jusqu'au coffre lui-même.

Comme chaque semaine, la séance se termine par un peu de yoga. Maya se concentre sur ses genoux, qui ont un peu enflé ces derniers jours. Ces bouts de chair et d'os, pas très jolis, pas très élégants, mais tellement moteurs pour avancer dans le monde. Elle les sent se détendre. Elle se sent bien. Elle sort, légère, après avoir adressé un grand sourire à Roger et à Sacha. Elle a déjà hâte de revenir.

Les semaines qui suivent sont tout aussi pleines d'énergie. Élancées, presque joyeuses, sans tempêtes. Maya retrouve le goût de se lever. Oh, ce n'est pas facile. Mais la perspective d'aller au Cercle lui donne une force insoupçonnée, l'espoir que la semaine va bien se dérouler. Mardi est devenu un jour béni. *Pourquoi le Cercle a-t-il cet effet sur moi ?* se demande-t-elle. Et elle est parvenue à la conclusion suivante : personne ne la juge. Elle peut y être bavarde, sauvage, imprécise, imparfaite. Elle peut sécher des séances. Puis y retourner. Rien n'est définitif. Elle est telle que la vie la façonne jour après jour. Ainsi, elle peut se sentir authentique et vraiment aller à la rencontre des autres. Elle ne perd plus de temps à craindre quelle perception d'elle ils peuvent bien avoir, elle se concentre sur eux. Ressentir leurs peines, accueillir leurs joies. Son rapport à autrui prend un sens nouveau, un sens fondamental : elle peut enfin développer des relations entières et sans artifices.

Petit à petit, elle se rapproche des membres du Cercle. Tobias lui prête des livres. Martin lui recommande des restaurants du quartier. Et puis Sacha, Sacha la merveilleuse, qui spontanément la prend sous son aile ou lui demande elle-même de l'aide quand elle sent se raviver de sombres souvenirs.

Baptiste commence à lui poser des questions sur le Cercle. Il a remarqué qu'elle va mieux, et cela le réjouit autant que ça le rend perplexe. Elle poursuit ses discussions avec Angie, calme, carré, fidèle à lui-même. Le docteur Soussan constate ses progrès avec enthousiasme.

En plus de poursuivre son traitement médicamenteux encore lourd, elle a souvent recours au sablier. Retourner l'objet, laisser le sable s'écouler, ne rien demander à la vie. C'est d'une simplicité étourdissante. Et, pourtant, elle ne l'a jamais fait auparavant. Avant le burn-out, ses journées étaient pleines à craquer, et le moindre grain de sable dans la machine la déstabilisait.

Après une dizaine de semaines, Maya ne peut plus se passer de la petite famille du Cercle. Des êtres fragiles, terrassés par le monde du travail et qui ont forgé des liens parce qu'ils se retrouvent sur l'essentiel.

Un soir, après une séance, Maya et Sacha vont boire quelques verres. Aujourd'hui, Roger a fêté son anniversaire, elles ont ri ensemble. Le printemps approche à grands pas. L'air est doux dans le quartier. Puis Sacha propose à Maya d'aller dîner. Soudain, Maya a peur. De la nuit, de la normalité d'un dîner en ville, de ne pas y arriver. Elle est pétrifiée par cette proposition inattendue qui modifie ses plans, cadrés et rassurants. Et, pourtant, elle sent pertinemment qu'accepter ces modifications pourrait avoir un effet bénéfique sur sa confiance en elle. *Allez, on y va, Maya. Mais on ne rentre pas trop tard, hein ?*

# Chapitre 16

Elles s'arrêtent devant un restaurant de couscous, dans la rue de l'Ouest. Maya adore ça mais, alors qu'elle avait d'abord pris beaucoup de poids, son appétit s'est tellement rétréci depuis quelques semaines qu'elle ne peut même plus imaginer pouvoir goûter à un plat aussi copieux. Le lieu a l'air simple et chaleureux. Elles entrent et s'installent à une table d'angle, avec des chaises aux coussins moelleux pour y déposer leur fatigue.

— Couscous pour deux ?

Le serveur a l'accent de la médina et la chaleur des authentiques restaurateurs.

— Parfait. Avec du thé à la menthe.

Sacha prend les choses en main. Elle est particulièrement vive, ce soir, et semble complètement détendue. Elle ne cesse de sourire en regardant Maya.

Il faut dire que la session au Cercle a été vraiment agréable. Roger a laissé de côté les activités classiques et sorti de son chapeau des exercices loufoques. Une fois de temps en temps, il délaisse la méthodologie habituelle. Tout le monde a interprété un personnage du XIXe siècle. À mi-chemin entre théâtre et roman historique, ils ont joué à s'éloigner de leur vie. Certains, comme Tim, le coiffeur dépressif, ont presque été heureux de revenir à leur présent morose. Tout changer n'est pas forcément aussi exaltant que l'on croit. Il faut oser, tenir, imaginer la suite.

Sacha sert le thé en silence. Le liquide coule doucement, puis plus vite tandis qu'elle manipule la théière avec des gestes maîtrisés.

— Tu as l'habitude, on dirait.

— Oui, un peu. Il y a souvent du thé à la menthe dans les salons de massage. Dans toute situation pourrie, il y a des choses à apprendre.

— Tu crois ?

— Oui, je pense. Enfin, j'en sais rien. Après une soirée comme celle qu'on vient de passer, je me dis que tout est possible. Tu sais, Maya, c'est ça mon problème : je suis versatile. Je m'enflamme. Je me refroidis. Et je ne sais pas toujours pourquoi je change d'humeur comme ça. C'est difficile pour les autres.

— Et Lila ?

— Non, Lila, c'est ma stabilité. Pour elle, je ferais tout et je prends sur moi. Je deviens celle qu'elle veut connaître, je m'adapte à ses besoins.

— Comment tu le sais ?

— Je le sens. Tu verras si tu as un enfant, un jour. Les liens maternels sont là, à vie. J'ai toujours eu du mal à comprendre que certaines renient leurs enfants. Tu veux des enfants, toi ?

— Je crois, oui. Mais je me laisse encore le temps.

Sacha la regarde sans ciller.

— Tu as trouvé l'homme qu'il te faut ?

— Pour avoir des enfants ?

— Ben ouais.

— Parce qu'il y a des hommes qu'on aime avant de vouloir des enfants et des hommes qui ont un potentiel de futurs papas ?

— Je pense. Et peu savent être les deux.

— J'espère que tu te trompes. Moi, je veux tout. Je veux un homme qui m'aime pour ce que je suis moi, *et* qui saura sanctuariser notre famille en préservant notre couple, sans avoir oublié l'amour de la jeunesse, cette façon particulière de désirer.

— Et ton mec, il est comme ça ?

Maya est un peu mal à l'aise.

— Je crois que oui.

— Comment ça, tu « crois » ? Tu n'en es pas sûre ?

— On n'a jamais vraiment parlé d'avoir des enfants. Tu viens de me le faire réaliser.

— Ben, c'est pas grave, tu as le temps.

Sacha la regarde longuement. Elle lui prend la main et la caresse doucement, comme si Maya avait besoin de réconfort. Maya reste plongée quelques secondes dans ses pensées concernant Baptiste. Lorsqu'elle lève les yeux vers Sacha, elle apprécie la douceur de ses gestes, elle aimerait que ce moment dure. En même temps, cela l'inquiète. Elle sent que quelque chose a changé. Elle ressent un vertige intérieur, mais ce n'est pas la crainte de tomber. Il y a du désir aussi dans ce mouvement.

Le repas se poursuit. Sacha mène la discussion, elle donne le tempo de la soirée. Maya se dit que, finalement, elle aime suivre. Elle a toujours aimé suivre. Suivre des gens qu'elle admire, se fondre dans le décor tout en s'efforçant de rester elle-même. Elle n'a pas de velléité de toute-puissance, de *leadership*. Elle veut faire bien ce qu'elle a à faire. Elle veut être libre, surtout. De suivre ou de ne pas suivre. Peut-être de se suivre elle-même, qui sait.

Elles évoquent le Cercle, les exercices du jour, dégustent leur délicieux couscous. Elles passent un bon moment. Sacha ne cesse de taquiner Maya, de lui faire des compliments.

Il est déjà 22 heures quand Maya reçoit un appel. Elle ne reconnaît pas le numéro, mais pense soudainement à Baptiste et se dit qu'il est temps de regagner la tranquillité de leur appartement. Il n'a pas commenté sa décision impromptue de dîner dehors, mais elle ne veut pas qu'il ait le sentiment qu'elle abuse de sa compréhension.

Elle commande un taxi, le temps qu'elles remettent leurs vestes et sortent dans la petite rue à sens unique.

Sacha marche derrière elle, elle va rentrer à pied. Elle regarde la nuque de Maya. Elle respire son odeur, matinée de senteurs du Maroc, d'un parfum un peu capiteux et d'un savon très simple. Elle s'approche doucement et, par derrière, lui prend la main. Elle la serre longuement.

Maya ne réagit pas. Cette douceur lui crève le cœur, mais elle ne sait pas quoi en faire. Sacha blottit son corps contre le sien. Maya sait à cet instant précis que sa vie peut basculer. Si elle se retourne, elles s'embrasseront. Pas timidement. Elles s'embrasseront. Elle le sait. Elles auront envie de se toucher. Ces choses-là se devinent. Elle pense à Baptiste, elle pense à tout ce qui est sa vie. Elle voit le burn-out encore présent, ses griffes, ses dangers. Son instinct lui souffle que quelque chose ne va pas. Elle ne peut pas céder à ces caresses. Non pas parce qu'elle a peur du regard des autres, mais parce que ce serait céder, encore, aux faux-semblants. Elle veut du signifiant et du signifié, elle veut vivre dans la vérité.

Le taxi arrive. Le cœur prêt à rompre, Maya lance un au revoir à Sacha sans se retourner, et s'engouffre dans le véhicule. Elle ne la regardera pas. Elle prend son téléphone portable et, spontanément, rappelle le numéro inconnu de tout à l'heure.

Une voix masculine répond :

— Bonsoir, Maya.

— Vous m'avez appelée ?

— Oui. Ça va ?

— Qui est-ce ?

— Tu ne me reconnais pas ?

— Non.

— C'est Léo. C'est mon téléphone personnel.

— Ah, Léo !

— Que se passe-t-il ? Tu as l'air bizarre.

— Je viens de vivre quelque chose d'étonnant.

— Rien de grave ? Tu es chez toi ?

— Non, j'y rentre. Je suis dans un taxi.

— Désolé si je t'ai appelée tard. En fait, je voulais simplement prendre des nouvelles et puis je me suis dit qu'un appel de quelques minutes serait plus sympa qu'un SMS. Mais c'était idiot.

— Non. Aucun problème. C'est moi qui suis désolée, je perds un peu mes esprits.

— Tu veux en parler ?

— Non.

— D'accord. On se rappelle plus tard, alors. Tu sembles avoir besoin de calme.

Elle ne répond pas. Elle hésite.

— Maya ?
— Oui. Je suis là.
— Tu veux bien faire quelque chose pour moi ?
— Oui.
— Reste en ligne. Ne dis rien.
— D'accord ! Je peux faire ça aussi.

Le silence s'installe. Elle est rassurée de le savoir au bout du fil. Elle imagine son sourire solaire. Sans les mots pour tout combler, c'est tout aussi chaleureux. Son cœur bat moins vite. La présence de Sacha devient moins pressante. Elle apprivoise l'impression de désir qui l'a traversée.

Au bout d'une dizaine de minutes, elle raconte tout à Léo. Le restaurant, les caresses de Sacha, le baiser qui pouvait changer sa vie. Elle est bouleversée par cette situation qu'elle n'a pas vue venir. Elle se demande si elle l'a provoquée contre son gré, si c'était inconscient, si elle est attirée par les femmes. Quoi qu'il en soit, elle est incapable de gérer les émotions des autres alors qu'elle parvient à peine elle-même à ressentir des émotions stables et à les décoder. Elle lui dit tout. Les digues ont sauté. Elle ne laisse rien de côté. Elle ne ressent pas de honte. Elle est juste une fille perdue qui a besoin d'être comprise. Ce n'est pas plus compliqué. La simplicité, c'est son truc à lui, il saura s'en débrouiller.

Quand elle arrive enfin devant chez elle, elle lui demande de raccrocher le premier. Il s'exécute sans dire bonsoir. Il sait qu'ils se reparleront. Entre eux, il n'est pas de murs qui nécessitent de se soucier des convenances. Ils vivent l'instant comme il est.

# PARTIE III

# Recommencer

# Chapitre 17

L'harmonie de la fin de soirée n'a pas duré. Rien ne tient plus debout de ce que Maya prenait déjà pour une nouvelle vie, une nouvelle orientation. Adieu, l'espérance de recommencement. Écrasée, la velléité de retrouver un équilibre. Bien loin, les paroles amicales de Léo. C'est le chaos, le désordre, la peur. Le désir de Sacha, l'indécision de Maya, la honte de devoir à présent faire quelque chose de ce désir. Tout cela a étouffé la joie qui commençait à renaître.

Maya a chuté de nouveau. Elle passe ses journées au lit, dans un pyjama en coton bleu qu'elle ne change qu'une fois par semaine. Elle veut que son corps soit identique d'un jour à l'autre. Elle veut la stabilité rassurante d'une vie planifiée. Elle se sent nulle, crasse, zéro, en dessous de tout.

Le docteur Soussan ne comprend pas d'où vient ce changement. Il double la dose de certains médicaments, comme si la chimie allait sauver l'histoire. Il n'est pas dupe mais il se doit de tout essayer. Il lui propose une nouvelle fois d'aller consulter un psychothérapeute. Il le lui a conseillé lorsqu'il a établi son diagnostic, mais elle a refusé obstinément. D'après elle, les étranges sessions avec l'énigmatique Angie suffisaient à lui éviter de s'enliser. On ne peut pas forcer les gens. Aujourd'hui, Soussan insiste. Il sent que les médicaments ne vont pas tout réparer. Il faut qu'elle redouble de soins. Elle refuse, elle s'énerve, elle le met quasiment dehors. Non, elle n'entamera pas de psychothérapie pour le moment.

Baptiste est inquiet mais il n'en montre rien. Il fait du Baptiste : implacablement présent, implacablement parfait, implacablement attentif. Mais l'implacable ne peut juguler la fragilité, le désespoir, la peine.

Maya renonce aussi à appeler Angie. Elle lui envoie un SMS pour le lui dire, sans lui donner d'explications. Il répond, laconique : « Bien. C'est vous qui voyez. » Cela ne la déçoit pas, elle ne s'attendait pas à ce qu'il la supplie de continuer. Elle refuse de jouer la mascarade. Elle voudrait être heureuse. Mais elle n'y arrive pas.

Après les premiers mois du burn-out et les premiers signes de rémission, elle a cru que sa vie se remettait enfin d'aplomb, était enfin cohérente avec sa personnalité. Et l'entrechoc du trouble que Sacha a fait naître en elle lui a fait comprendre que, non, c'était une illusion. Que depuis huit mois, elle est dans le brouillard le plus total et qu'elle ne progresse pas d'un pas. Que tout est encore à comprendre, à construire, à combattre. Cette gifle lui est donnée par un événement a priori banal. Elle se sent pathétique et vulnérable. Serait-il possible qu'une vie soit inutile quand bien même on a si peu vécu encore ?

Elle n'a pas conscience qu'elle a eu l'opportunité, la chance de recevoir une nouvelle peau. Que ce changement, il ne fallait pas le vouloir. Le vouloir, c'est le contrôler. Le vouloir, à certaines conditions, c'est pire encore. Il faut juste l'accueillir. L'accueillir avec ferveur, sans attente précise, sans rien programmer. Avoir foi dans le charme fou de la vie qui vous subjugue et peut faire votre bonheur. Maya ne sait pas vivre sans objectifs. Elle ne sait pas à quel point le temps qui passe peut rendre fort et fier. Elle n'a pas besoin de le savoir, d'ailleurs ; elle doit le sentir.

Le Cercle des brûlés du travail lui apparaît désormais comme un petit paradis perdu. Il lui semble loin et rassurant à la fois. Y a-t-elle réellement participé ? Elle mélange tout. Ça la fait souffrir de trop évoquer ses souvenirs avec les membres du Cercle. Elle a rangé son sablier dans le tiroir.

Les réseaux sociaux dont elle s'étourdit à longueur de journée alimentent son sentiment de désolation. Entre les *fake news*, les insultes, la haine sociale qui débordent, elle a de quoi se dire que le monde est un royaume d'insectes ravageurs, incapables de véritable amour. Un amour qui nourrit de part et d'autre parce qu'il n'attend rien en retour. Une forme ultime de liberté. La laideur qu'elle voit autour d'elle la fait pleurer. À chaudes larmes, car c'est trop pesant. Elle est inapte à recevoir la violence sociale. Elle ne verse pas de larmes sur elle-même, mais sur le fait qu'elle ne se sente pas appartenir à cette société égoïste et violente qui malmène les cœurs tendres.

Le trou noir dure plus d'un mois. Elle reçoit des messages de ses parents, de ses beaux-parents, de Léo. Elle répond laconiquement, sans même chercher d'excuses, comme si tout était secondaire. Que les mots n'étaient invoqués que pour limiter la curiosité des autres à son égard. Elle voudrait que l'existence se calme, qu'elle cesse de la harceler. Cette putain d'existence mutile trop de travailleurs, trop de gens qui veulent juste avoir de quoi acheter un cadeau à leurs gosses. Des gens qui ont travaillé dur toute leur vie pour quelques maigres récompenses. Le monde moderne estropie trop de bonnes volontés, de personnes sans défense qui font pourtant de leur mieux. Il n'y a plus de place pour rêver à l'avenir.

Un matin, elle reçoit un message d'Angie. Un SMS très court : « Vous allez devenir folle parce que vous avez peur de perdre la tête ? » Elle lit les mots. Repose le téléphone. Essaie de s'étirer pour savoir si elle va pouvoir se lever. Rien, *nada*, que dalle. Son corps est une terre gelée qui ne se réchauffera jamais.

Pourtant, les mots d'Angie ont eu un impact. Au-dedans d'elle se joue une petite révolution émotionnelle. Elle est touchée. La folie est l'ultime contrée de l'horreur. L'endroit dont elle ne pourra jamais revenir. Est-elle folle ? Angie a-t-il décelé les symptômes depuis le départ ? Et il ne lui en a rien dit ? Vit-elle dans le déni ?

La terreur de la chute est plus forte que tout.

Aussitôt, elle sort le sablier de son tiroir. Pendant que le sable s'écoule, elle se rend compte à quel point Angie lui a manqué. Cet ami invisible, mais qui l'a aidée à poser les fondations d'une vie meilleure, peut-être, un jour. La décision est prise. Le soir même, elle prend son téléphone et compose le numéro d'Angie. Il décroche dès la première sonnerie.

— Angie ?

— Oui.

Ton monocorde. Elle ne lui a pas manqué. Ou il n'en montre rien.

— Je voudrais comprendre votre SMS de ce matin.

— Comprendre ? Mais vous voulez toujours tout comprendre. C'est fatigant, à la fin. Que ressentez-vous ?

— Là, tout de suite, de la colère, je crois. Vous me lancez des mots sentencieux à la figure et vous me dites qu'il faut les ressentir ? Vous me traitez de folle ?

— Non. Je vous ai demandé si vous aviez peur de perdre la tête, ce n'est pas pareil. Alors ?

— Quoi, « alors » ?

— Vous en avez peur ?

— Je crois, oui. Ce serait la fin de ma vie !

— Comment le savez-vous ?

— Je ne sais pas, j'imagine.

— Vous imaginez quelque chose que vous ignorez ?

— C'est le propre de l'imagination, non ?

— Je ne sais pas, Maya. Je ne sais rien sans l'avoir éprouvé. L'essence des choses, c'est théorique. Moi, ce qui m'importe, c'est l'existence. L'existence, d'abord. Aimer ses sensations. Aimer ses expériences. Aimer les leçons qu'elles apportent. Le reste, je ne suis pas fait pour.

— Et moi, je suis faite pour quoi ?

Pour une fois, il lui répond clairement :

— Pour aimer, Maya. Aimer votre vie, chaque partie de votre corps, vos possibilités. Vous vous enferrez dans des scénarios si tordus dont même un démon n'aurait pas eu l'idée. Vous vivez en fonction de choses invisibles : passé qui vous menace, présent insatisfaisant, avenir incertain. Mais vous n'en savez RIEN. Cessez d'être « Smartminds »… soyez plutôt *« open mind »*.

— Dites donc, vous êtes d'humeur à donner des conseils, aujourd'hui !

— Oui, et ça ne se reproduira pas souvent, je vous préviens. Sinon, vous emmerdez tout le monde depuis trois semaines, pas vrai ? À commencer par vous. Il est temps de passer à autre chose. Une blessure, que dis-je, un cœur même complètement fissuré n'empêche pas de marcher. Vous pouvez pleurer en marchant. Il vous reste vos jambes. Vivantes. Allez doucement. Mais allez.

— Mais je ne sais pas qui je suis.

— Si, vous le savez très bien et c'est ce qui vous mine ! Vous voulez que je vous livre le fond de ma pensée ? Mais ensuite ne venez pas vous en plaindre. Vous êtes une femme qui a compris que sa vie professionnelle était nulle. Qui s'est pris ce mur en pleine face et à pleine vitesse. Cette vie ne vous apportait rien, à part l'argent. L'argent n'est pas un problème en soi, c'est l'importance qu'on lui attribue qui est déraisonnable. Les êtres humains ne trouvent pas l'épanouissement dans des existences purement matérielles. Il y a toujours une recherche plus profonde. Vous, vous vouliez aussi de la considération sociale… de pacotille. Vous savez ce que c'est, la vraie considération sociale ? C'est quand vous êtes ermite et que les puissants tapent à votre porte. Là, vous êtes au firmament.

» Vous, vous avez tout misé sur une boîte dont la présidente ment comme elle respire et se fait mousser alors qu'elle est juste cupide et intéressée. Voilà mon ressenti, Maya. Il n'y a pas de grands mystères sortis des océans. Les choses ne sont pas compliquées mais, à un moment, allez savoir pourquoi, elles sont devenues insolubles pour vous. Vous vous en voulez d'avoir mordu à l'hameçon. D'avoir mis un ruban rose autour d'un bâton de dynamite. Vouloir quelque chose aussi fort était risqué, de toute façon. Il fallait en garder un peu pour la suite. Il fallait conserver de la distance. Comme en danse : si vous êtes trop près de votre partenaire, vous l'écrasez. Si vous êtes trop loin, ce n'est plus une danse.

» C'est dur, ce que vous vivez, vous savez que c'est dur. Mais ce n'est la fin de rien. Chaque chapitre de votre vie ne se répétera pas. Vous ne gagnerez pas à chaque fois. Vous ne perdrez pas à chaque fois. Le soleil et la lune continueront de briller. Vous pourrez choisir l'étoile qui va vous guider. Vous recommencerez de nombreuses fois. Vous retrouverez cette énergie-là, l'invincible magie d'y croire. Après un coup dur, on clame toujours qu'on va se foutre en l'air. Si c'était vrai, le nombre de suicidés dépasserait celui de tous ceux qui meurent d'un grand âge, épuisés par une longue vie. Et ces derniers sont largement plus nombreux ! Et puis… pour Sacha, cessez de vous torturer.

— M… mais comment… Vous m'espionnez ?

— Oh Maya, ne soyez pas si naïve. J'ai des amis au Cercle, c'est tout ! N'ayant pas de vos nouvelles depuis plusieurs semaines, je me suis renseigné. Et il ne m'a pas fallu un siècle pour comprendre. Deux êtres dans le doute, dans la désillusion, ça s'attire. (Il laisse un long silence.) Ce n'est pas grave. Vous avez le droit de refuser ce que d'autres veulent de vous ou pour vous. Vous n'êtes pas obligée de vous excuser de tout. C'est clair ?

Ce n'est pas clair. Mais c'est vrai.

Silence aussi à l'autre bout du fil.

— Angie ?

— Oui ?

— Merci.

Cette fois-ci, c'est elle qui raccroche. C'est la première fois.

Ce type, génie farfelu ou sage sublime, vient de lui sauver la vie.

# Chapitre 18

Animal convalescent, Maya se réengage sur la route de la vie. Elle a retrouvé une confiance presque illimitée dans le pouvoir des événements. Elle n'a pas de message d'espérance à délivrer aux autres victimes de burn-out, mais elle tente simplement d'insuffler de l'énergie à son quotidien. Et de rester vivante.

Un de ses premiers réflexes après la conversation avec Angie est de remettre le sablier dans sa poche. Pour soumettre à l'épreuve du temps chaque question qui la taraude. Ou pour ralentir le rythme chaque fois qu'elle risque de se précipiter.

Elle programme aussi son retour au Cercle. Gênée, elle contacte d'abord Roger pour s'assurer qu'elle n'en est pas bannie. « Mais, non ! Maya, j'ai déjà expliqué les règles. Tu pars, tu reviens quand tu veux. À bientôt ! » Cette confirmation lui fait du bien. Si ce n'est la semaine prochaine, elle y retournera quand elle sera prête.

Baptiste l'encourage à sortir. Il a redoublé de prévenance ces dernières semaines. Il a été plus démonstratif. Ces marques d'affection déstabilisent Maya autant qu'elles la contentent. À quel point doit-il se forcer pour adoucir ses gestes, museler son empressement ? Quand elle oublie de se livrer à cette analyse, elle profite pleinement de l'instant. En fait, elle a besoin de tout, sauf d'informations complémentaires sur ses moindres faits et gestes.

Ses parents l'appellent tous les jours. Ils lui reparlent comme avant de la maison, de leurs retraites qui diminuent, du dernier machin-truc qu'ils ont dégotté au Leclerc du coin. C'est le signe que leur inquiétude diminue. Ils retournent à leur train-train, moins préoccupés par son état. C'est dans la nature des choses, après tout. Maya regrette rapidement leur détachement, puis en sourit, et passe à autre chose.

Léo lui envoie des SMS régulièrement. Ils ne se sont pas parlé depuis leur conversation téléphonique dans le taxi, et Maya ne sait pas bien quelle sera la prochaine étape. L'idée de l'inviter à prendre un café lui trotte vaguement dans la tête. Il l'a aidée lors de l'épisode. Elle ne lui a pas exprimé sa gratitude, mais il est peut-être temps.

Quinze jours après avoir recommencé à parler avec Angie, Maya se décide à retourner au Cercle. Elle sait qu'elle y retrouvera Sacha. Aussi, plantée devant son miroir, elle essaie de se préparer à tous les scénarios possibles. Mais que Sacha boude, agisse comme si de rien n'était ou lui refasse des avances, aucune des répliques que Maya imagine ne sonne juste. Que la brèche qui a commencé à s'ouvrir se referme aussi sec. Sans dégâts, sans reproches inutiles, sans longues explications. Elle ne veut pas être désirée de Sacha.

Une fois à l'entrée de la rue des Thermopyles, elle n'en mène pas large. Elle a la nausée, une de celles qui n'ont rien à voir avec le système gastrique. Une nausée existentielle, flippante. Le portail est ouvert. Roger est dans la cour en train d'accueillir les premiers arrivants. Il fait très beau. Le printemps est vraiment magnifique, cette année. L'été sera caniculaire, c'est sûr. Roger l'aperçoit et vient à sa rencontre.

— Bonsoir, Maya, tu as bien choisi ton jour pour revenir !

— Bonsoir, Roger. Pourquoi tu me dis ça ? demande-t-elle avec un peu d'appréhension.

— Parce que c'est le soir du grand voyage !

— Le grand voyage ?

— Chaque année, parfois plusieurs fois par an, nous faisons gagner un voyage à une participante ou un participant, financé par nos mécènes. Voyager, c'est très bon après un burn-out. Beaucoup de brûlés le font. Ça permet de repartir à zéro et d'imaginer sa nouvelle vie.

— C'est super ! Quelles sont les destinations ?

— Ça dépend de l'argent dont on dispose. En général, on essaie de concocter des séjours lointains.

— Du type thalasso avec papi-mamie ou trek ?

Roger éclate de rire.

— Mais tu veux tout savoir, chère Maya. Laisse faire ! De toute façon, tu as une chance sur quarante environ de gagner.

Ils entrent dans la bibliothèque. Maya retrouve avec un plaisir non dissimulé l'odeur des livres et l'ambiance d'antan. Revenir ici, c'est comme se blottir dans un cocon qu'aucun drame ne pourra détruire. Elle respire. Elle en oublie de vérifier si Sacha est là ou non. Elle sent soudain une main sur son épaule. Sacha.

Elle a le ton un peu haut perché de celles qui essaient de se donner une contenance :

— Salut, Maya, ça va ?

— Bonjour, oui, ça va, balbutie Maya. Et toi ?

— Bien. Les dernières semaines ont été très riches. J'ai vécu plein de trucs intéressants.

— Ah bon ?

— Oui, grâce à un mécène du Cercle, j'ai pu enfin obtenir un prêt pour quitter Paris et ouvrir mon salon de massage.

— Tu plaisantes ?

Sacha se met à parler comme une gosse que rien n'arrêterait :

— Ben non… J'ai bien réfléchi. J'aime le contact. Sans le sexe, en soi, faire des massages a toujours été un plaisir. Je me suis fait écraser par des salauds qui font du fric sur le dos de filles paumées. Mais j'ai envie de faire du bien. Et de le faire pour des femmes enceintes ! Ce sera mon créneau. Quand t'es enceinte, à six mois déjà, tu te traînes. Tu as besoin d'être chouchoutée. C'est ce que je ferai. On sera un ou deux, pas plus. Je me formerai mieux.

— C'est super ! Tu as un vrai projet alors !

— Oui ! Je te raconte pas ça pour t'en mettre plein la vue. Je vois déjà le lieu, moderne et chaleureux. En blanc et rouge carmin.

— Ça donne envie ! Comment tu as réussi tout ça ?

— Quelques réflexions, l'envie de quitter Paris, me retrouver au calme. Et puis, l'envie de prendre soin des femmes. Les femmes sont toujours les blessées de l'histoire, celles que l'on martyrise, celles dont on attend trop. Tâches domestiques, vie professionnelle, vie conjugale… Plus de la moitié de la population de l'humanité, ça fait du monde, tout de même ! Et quel poids sur leurs épaules ! Je veux contribuer à leur bien-être, notamment avant de mettre un enfant au monde. Les choses ne changeront pas pour les femmes avant des décennies, peut-être un siècle. Mais si chacune pouvait avoir un geste pour d'autres femmes, ça irait déjà bien mieux. Une grande chaîne de solidarité entre nous. Tu vois le truc ? C'est le pari que je fais.

Maya admire son air décidé, son esprit d'entreprise, son goût du risque.

— Je suis très heureuse pour toi.

— Enfin, Maya, prends pas un air de chien battu ! Toi aussi, tu vas faire quelque chose de ta vie, t'en fais pas. Tu as passé le plus dur.

— C'est quoi, le plus dur ?

— Le moment où tu es la pire ennemie de toi-même.

Ce n'est pas faux. Maya le sent. Elle lui sourit doucement et rejoint la table. Elle soupire de soulagement : Sacha semble passée à autre chose.

La session commence. Environ quarante personnes, des visages connus, des inconnus. La famille des brûlés ne désemplit pas. C'est une tragédie pour la société. Entre eux, c'est une chance. Ils se réchaufferont le cœur plus fort.

Aujourd'hui, Ally, aide-soignante d'Angers, raconte le calvaire des nuits blanches, les malades qui vous chient dessus, des saligauds de médecins qui lui font des avances, les déceptions amères pour seule récompense de sa douceur. Ally ne gagne pas suffisamment pour boucler ses fins de mois. Elle rentre épuisée auprès de ses deux enfants. Son mari, cadre chez Ford, va bientôt perdre son emploi. Elle ne rêve pas d'objets à acheter, d'un iPhone ou d'une tenue chic. Elle n'a pas d'idéologie, pas d'ambition capitaliste, pas de haine des immigrés. Elle ne se sent pas obligée de faire toujours mieux. Elle veut juste vivre dignement des fruits de son travail, sans bruit et sans revendications.

Maya écoute. Elle ne se lasse jamais des témoignages de ses compagnons. Elle aimerait pouvoir faire quelque chose pour chacun d'eux.

L'exercice qui suit est un peu inhabituel : il permettra de remporter le voyage dont Roger a parlé à Maya. Il s'agit d'un concours d'éloquence ! Chaque membre du Cercle qui souhaite participer est invité à raconter une histoire, n'importe laquelle, ou à s'adresser à quelqu'un. Les autres membres votent à la fin, et l'orateur qui a obtenu le plus de points remporte la mise.

Maya voudrait s'enfoncer dans l'assise dure de sa chaise. Elle ne se sent pas à l'aise en public. Si elle parvenait à donner le change chez Smartminds, elle n'est pas sûre que ce soit le cas au Cercle. Elle regarde en face d'elle Théodore, le propriétaire du magasin de magie. Le magasin a fait faillite, et Théodore s'est enfermé dans un mutisme dont il ne sort que lorsqu'il vient au Cercle. Elle cherche dans ses yeux une sympathie qui lui donnerait du courage. Mais il a l'air aussi paniqué qu'elle. Il bouge sa jambe droite frénétiquement, comme les gens qui manquent de magnésium. Elle tripote le sablier dans sa poche, ce sablier dont elle ne se sépare plus jamais, cet objet qui lui a appris que le temps n'est pas un poids. Il lui a permis de franchir une porte lourde qui dissimulait quelques évidences, comme le plaisir de laisser le temps au temps. C'est son gri-gri, son porte-bonheur quotidien. L'un de ces petits objets qui nous accompagnent dans des rites de passage.

Au bout de quelques minutes, Victoire se lance. Elle parle de son dernier rôle. Justine, de Sade. Elle évoque la difficulté d'apprendre le texte, les nuits blanches. Elle est au sommet de son art. Maya l'écoute distraitement. Victoire est talentueuse, c'est évident, mais elle ne gagnera pas. Il y a trop d'expertise dans sa démonstration. Elle tait ce qui l'effraye, ses instincts encombrants, ces ténèbres auxquelles personne n'a accès. Or c'est ça qui intéresse les membres du Cercle. Avoir le privilège de pénétrer des zones interdites en y étant autorisé par un autre membre à un moment précis. C'est un privilège auquel on accorde du prix.

Après Victoire, Tobias s'adresse, lui, à la philosophie. À défaut de se livrer, il assume avec humour l'ambition démesurée de sa démarche, et provoque deux, trois rires dans l'assemblée.

Tandis que Théodore prend le relais, Maya pense à Leslie Andersen. Son image lui vient à l'esprit au moins une fois par jour. Difficile de savoir pourquoi le dragon s'invite dans sa tête à tel ou tel instant. Maya la revoit ou l'entend énoncer des directives de sa voix autoritaire. Elle déteste l'idée qu'elle ne parvienne pas à l'effacer de ses pensées, que la distance ne suffise pas à oblitérer tout souvenir d'elle. Et si Maya s'adressait à elle pour ce concours ? De toute façon, elle ne gagnera pas. Pourquoi ne pas profiter de l'occasion pour laisser libre cours à sa frustration et à sa colère ? Elle lève la main et fait signe à Roger qu'elle souhaite participer.

Ce dernier sourit discrètement, mais son visage s'éclaire. Il a une affection sincère pour cette jeune femme juste et sensible qui s'ignore. Rien ne se déroule comme elle le voit. Mais lui, il a du métier, comme on dit, il connaît la vie et ses ombres. Il n'est pas dupe des apparences. C'est pour cela qu'il joue ce rôle de trait d'union entre des âmes perdues. Il les lit. Il les aime. Il les cajole à leur insu. Il faut des serviteurs de l'amour, sobres et volontaires, pour sauver nos sociétés malades d'elles-mêmes. Il faut des disciples de la bienveillance, voués à adoucir notre univers.

— Maya, c'est à ton tour.

Roger la regarde en souriant.

Elle ne sait pas vraiment ce qu'elle va dire. Mais elle se lève et se laisse aller. Elle ne nage pas parmi des requins, ce soir. Elle peut perdre son sang jusqu'à sa dernière goutte. Ils la soigneront pour qu'elle revienne à la vie. Ils ne se nourriront pas de sa vulnérabilité. Ils feront tout pour qu'elle soit lumineuse et forte à nouveau.

— Cher dragon, pendant des années, j'ai travaillé comme une bête. Je pensais que tu étais une vraie travailleuse aussi. Tu me donnais le sentiment de maîtriser tout ce qui t'arrivait. Tout jusqu'au moindre détail. Tes dossiers étaient toujours en ordre. Ton apparence parfaite. Je travaillais autant parce que je t'admirais. Et je voulais que tu m'admires en retour. C'est banal, hein ? Je suis d'un classicisme honteux. J'aurais voulu être plus originale, mais non. Je croyais sincèrement que tu m'admirais déjà. Que tout ce que je donnais renforçait ton estime, que nous formions une équipe hors pair. Deux femmes puissantes.

» Cette vie était la mienne. Mais, pourtant, elle ne m'appartenait pas. J'étais entortillée dans une toile qui avait été fabriquée par d'autres. Ma famille, mes amis, les conventions sociales. Je me mentais et ils me mentaient, tous autant qu'ils sont. Ils me disaient que ma vie était incroyable, que j'étais une fille épatante et que je méritais le meilleur. En vérité, ils déconsidéraient mon amour du travail, un sacerdoce à leurs yeux.

» À quoi bon, hein, cher dragon ? À quoi bon se donner corps et âme pour servir des entreprises qui nous ignorent ? À quoi bon accomplir des tâches vaines si notre espoir est de passer un jour aux choses sérieuses, celles qui comptent vraiment ? Mais quel jour ? Quand doit-on cesser d'attendre pour vivre ? Quand vit-on véritablement ? J'avais perdu le sens de ces questions. Tu avais masqué de ta volonté écrasante la nécessité des questions.

» Puis j'ai compris. Ce ne fut pas d'un coup d'un seul. L'affreuse vérité s'est dévoilée petit à petit. (Maya commence à pleurer doucement.) J'ai compris que je ne servais à rien si ce n'est à servir tes intérêts. Que de temps en temps, d'un bon mot, tu prolongeais ma servitude. Que si j'avais été malade ou incapable, tu m'aurais virée d'un claquement de doigts. Je m'illusionnais en pensant que j'étais unique. Tu m'illusionnais en me le faisant croire.

» Sais-tu combien j'ai souffert quand je m'en suis rendu compte ? Imagine, te faire tailler la peau à vif, ça fait un mal de chien. J'ai souffert au plus profond de ce qui me constitue. Je n'ai pas tout compris. Mais j'ai tout ressenti et, croismoi, je ne suis pas près d'oublier.

» Tu es si loin de moi et, pourtant, tu as un pouvoir immense sur ma vie. Je vais tout changer à cause de toi. Peut-être qu'un jour, je pourrai dire « grâce » à toi. Pour l'instant, je ne le peux pas. Ce serait te faire trop honneur. Pour l'instant, tu ne respires plus devant moi, tu es hors de ma vue. Si je te vois, je souffre doublement. Je ne me sens toujours pas à la hauteur, même si je sais pertinemment que je n'y suis pour rien.

» Tu racontes des histoires à tout le monde. Menteuse. Horrible menteuse. Tu veux faire croire que tu es bonne. Que tu es à l'écoute. Mais, en fait, tu es une cannibale. Tu bouffes les autres. Tu joues à un jeu cruel. Tu veux que ton ombre, celle qui est devenue toi, soit connue, adorée, adulée. Mais tu ne sais pas ce qu'est l'amour. Tu ignores ce que c'est que d'attendre des heures devant une porte, sous la pluie, sous les torrents, pour le plaisir de sentir les lèvres chaudes d'un être aimé. Tu ignores ce que c'est que se sacrifier pour que l'autre soit bien. Tu ne seras jamais capable de prendre soin de qui que ce soit. Tout ce que tu fais dans la vie, tu le fais contre de l'argent. Si j'étais impolie, je te traiterais de sale pute. Mais non, je ne veux pas me salir plus.

Tous les membres du Cercle sont interloqués. Ils n'ont jamais entendu Maya parler ainsi. Mais personne ne l'interrompt.

— Je crois que cela me fait du bien de prononcer des mots durs à ton égard. Juste une fois ou deux. Des mots que je vais vite oublier. Car j'ai peur qu'ils s'incrustent en moi. Et que je devienne sombre et méchante. Que ferais-je de cette rage, alors que j'ai toute ma vie cherché l'amour et l'amitié ?

» Je te déteste pour tout ce que tu es. Et, en même temps, tu es plus à plaindre que moi. Je me dis chaque jour que quand tu seras une petite vieille, tu réaliseras peut-être que ta vie était inconsistante. Que tes prétendus proches étaient des cireurs de pompe, des vampires qui suçaient le sang de ton pouvoir. Tu seras seule. Je serai entourée. Tu seras riche – et encore, ce n'est pas sûr. Je serai comblée. Tu seras avilie. Je serai intègre. Et puis, même si je me plante, je n'aurai plus oublié de vivre.

» Un jour, je pardonnerai. Bien avant de mourir, je parlerai de toi avec compassion. Tu auras été le tremplin de ma nouvelle vie. Je t'en saurai peut-être gré. Qui sait ? Si je peux, j'écrirai un livre pour raconter mon histoire. Je te le dédicacerai. Tu m'auras permis d'être moi-même. C'est un grand cadeau. Tu l'as fait à la hache. Mais tu l'as permis. En me prenant tout ce qui m'encombrait, tu m'as libérée. Je suis plus légère que dans le passé. Je suis légère et je suis debout. Merci.

Maya pleure de plus belle. C'est spectaculaire, car elle pleure en silence. Ses larmes coulent le long de son cou, de ses cheveux, de ses vêtements, jusqu'à rouler sur ses escarpins de printemps.

Autour d'elle, les membres du Cercle sont abasourdis. Leurs cœurs ont été chahutés par la violence de sa peine et la ferveur de sa rédemption.

Ce discours l'a délivrée d'angoisses enracinées dans sa conscience depuis de longues années. Elle sera incapable plus tard de se rappeler ce qu'elle a dit. Elle l'a sorti d'elle comme une part sensible qui avait besoin de s'échapper enfin.

Roger est admiratif. Mais il ne laisse rien paraître. Il la remercie et invite Martha à s'exprimer à son tour.

Maya part très loin dans sa tête. Elle pense à autre chose, elle ne sait pas très bien à quoi. Son corps se relâche, intégralement. Elle n'entend plus les discours des autres. Elle n'est pas là. Elle est au bout de ses peurs. Là où la plus belle vocation est de guérir.

Finalement, Roger la tire de sa rêverie :

— C'est le moment des votes. Je vous rappelle que le gain est somptueux : un voyage au Vietnam.

*Au Vietnam ! Génial*, se dit Maya. Bien qu'elle soit allée dans des pays fabuleux lors de ses congés annuels (elle a découvert Bali, la cordillère des Andes, escaladé la Grande Muraille de Chine, contemplé les horizons infinis de terre Adélie…), elle garde un enthousiasme d'enfant. Elle n'a jamais eu l'occasion de se rendre au Vietnam. Elle est curieuse. Elle ne sait pas grand-chose de ce pays, si ce n'est ce qu'elle a vu dans un ou deux documentaires sur les rizières. Pendant que son imagination se promène à l'autre bout du monde, elle ne voit pas les regards se tourner vers elle, les mains se lever, le vote se dérouler. Elle ne croit pas en sa chance et est donc inattentive aux signes qu'elle pourrait lui envoyer.

— Maya. MAYA. (Le ton se fait plus insistant.) Maya, reviens auprès de nous.

Elle regarde Roger. Sa vue s'éclaircit. Elle remet les pieds sur terre. Sacha lui met la main sur l'épaule et chuchote à son oreille :

— Bravo.

Stupéfaite, elle a un mouvement de recul et comprend que toutes les mains levées plébiscitent son discours.

Elle revient de loin. Encore récemment, elle ignorait comment elle allait atteindre la minute suivante. Et, aujourd'hui, elle gagne un voyage au Vietnam. Un laissez-passer pour une expérience inédite ! Elle va voir les rizières de ses propres yeux. Elle va sentir sur sa peau leur chaleur humide.

Roger lui tend une enveloppe.

— C'est pour deux. Bravo ! Profites-en bien.

*C'est pour deux ? Merde, Baptiste ne pourra jamais se libérer avant plusieurs mois. Mireille ou José ? Oh non, ils ne supporteraient pas d'être séparés aussi longtemps. Et partir avec les deux me ferait retomber en adolescence.* Il lui faut des nouveaux départs, maintenant. Pas de bonheurs recyclés.

Mais alors qui ? Elle pense à Audrey. Mais elle a des auditions importantes d'ici à juin. Elle s'en est excusée vingt fois la dernière fois au téléphone, comme pour dire à Maya qu'elle devra un peu moins compter sur elle. Il faut dire qu'Audrey a beaucoup donné, ces derniers temps. Elle l'a appelée plusieurs fois par semaine, sans compter tous les e-mails et les SMS qu'elle lui a écrits. Maya sait que son amie ne peut pas être son assistante de vie.

Elle pense aussi à la bande de la fac. Tous ses copains sont plus ou moins mariés, avec ou sans enfants. Débloquer deux semaines dans leur agenda hyper *busy* leur sera difficile. Et puis, est-elle suffisamment proche d'eux, aujourd'hui ? Peut-être pas. La vie a fait son œuvre. Chacun a fait des choix l'éloignant de celui qu'il était, du groupe d'amis soudés qu'ils étaient.

Et partir seule, après tout ? Ce serait un test. Elle serait confrontée à sa propre vérité. Mais non, elle ne veut pas être seule. Elle a trop de choses à penser. Elle se noierait dans ses tergiversations mentales ou risquerait d'être atteinte par des idées noires.

Puis, soudain, comme une évidence qui vous surprend sans vraiment vous surprendre, elle le voit. Son sourire. Son sourire authentique. Il serait un compagnon idéal dans ce périple.

# Chapitre 19

Une fois n'est pas coutume, Baptiste râle. Il ne peut pas l'accompagner. Il devrait décaler plusieurs rendez-vous, ce qui est inconcevable pour un homme aussi minutieux. Il ne le lui dit pas. Mais elle le devine. Et elle le lui pardonne. Avant son burn-out, avant le sablier, elle aurait réagi comme lui. Il faut assurer, c'était leur credo à tous les deux. Tu traces, tu ne t'interromps jamais.

Il ne comprend pas pour quelle raison elle souhaite partir avec ce collègue qu'il n'a jamais rencontré et dont elle n'a jamais parlé. Elle se demande un instant s'il est jaloux. Mais il lui témoigne au contraire une confiance absolue. Maya sait que si elle insiste, il cédera. Il veut qu'elle aille mieux. Elle insiste. Il cède. Léo sera du voyage pour peu qu'il accepte la proposition. Maya s'imagine que c'est probable, aventurier comme il est.

Elle l'appelle à la fin du week-end :

— Allô, Léo ?

— Oui. Comment vas-tu, Maya ?

— Ça va. Des hauts, des bas. Mais, globalement, ça va. Ça suit son cours, comme on dit.

— Tu reviens bosser un jour ?

Un peu indélicate, cette question.

— Je ne sais pas encore. À chaque jour… ses nouvelles décisions. Celle-là, je ne l'ai pas prise.

— Je comprends. Le plus important, c'est que tu prennes soin de toi.

— Je le fais. Et, d'ailleurs, j'ai une proposition pour toi.

— Quoi ? Pour que tu prennes soin de toi ?

— En quelque sorte.

— Je t'écoute.

— J'ai gagné un voyage au Vietnam. À un jeu-concours sympa.

— C'est génial ! Bravo !

— C'est de la chance, je n'ai aucun mérite.

— Et qu'est-ce que je peux faire pour toi ?

— Le voyage dure quinze jours. Et tout est compris.

— Encore mieux !

— C'est pour deux.

— Tu pars avec ton compagnon ?

— Justement, non. C'est à effectuer dans les deux mois, et il ne peut pas m'accompagner.

— Et donc ? (Il garde le silence quelques secondes.) Non, Maya, tu ne me proposes pas de venir avec toi, quand même ?

Elle hésite un peu.

— Si. Ça ne te tente pas ?

— Mais pourquoi moi ?

Elle est un peu vexée qu'il ne soit pas plus enthousiaste. Elle aurait presque aimé qu'il s'invite.

— Parce que je sais que tu es du style aventurier. Que les voyages, c'est ton truc. Et j'ai besoin d'un partenaire détendu. Je ne veux pas d'angoisses, de tensions ou de difficultés. J'ai l'impression que ça peut être une belle découverte ensemble.

— Tu es sûre ?

— Oui.

— Mais tes copines ? Ta famille ? Tu ne veux pas les inviter ?

— Léo, si tu ne veux pas venir avec moi, dis-le-moi tout de suite. Je n'ai aucune envie de te supplier ou de te contrarier.

— Non, ce n'est pas ça. Je suis touché par ta proposition, Maya. Sincèrement, merci. Je n'imaginais pas du tout que tu puisses me proposer une chose pareille, c'est tout. Mais si j'arrive à poser des congés, je viens ! Je ne connais pas le Vietnam.

— Léo, mes copines sont occupées, ma famille loin. Toi et moi, nous avons échangé souvent et je sais que nous nous entendrons bien. Pour partir en voyage ensemble, nous n'avons pas besoin de bien nous connaître. Juste d'avoir la même envie de découvrir.

— Ne te justifie pas. Je t'ai dit oui. Je reviens vers toi d'ici à quelques jours une fois que j'ai demandé mes congés. Tu connais le dragon.

— Merci, Léo. J'ai besoin que les choses soient simples. J'espère que ça va marcher.

— Je te dis ça.

— Parfait. À part cela, ça va ?

— Oui, ça va bien, Maya. Désolé, il faut que j'y aille. Je ne suis pas seul, ce soir.

— Ah… pardon. Je ne voulais pas te déranger.

— Tu ne me déranges pas. On se tient au courant. Bonne soirée.

— Bonne soirée, Léo.

Elle raccroche. Ça alors, il a quelqu'un dans sa vie ! Elle regrette presque de lui avoir proposé le voyage. Elle va foutre en l'air son histoire d'amour. Est-ce que sa copine va accepter qu'il parte avec une collègue, et du jour au lendemain ? En plus, une collègue déséquilibrée, une fille fragile. Elle soupire, puis se calme. Après tout, ce n'est pas son problème. Angie lui a recommandé de se concentrer sur elle. « Servez-vous la première, vous servirez mieux les autres. » Elle ne peut pas régler les problèmes d'autrui, même si son altruisme l'y pousse.

Les jours d'après, elle échafaude des plans B au cas où Léo ne pourrait pas l'accompagner. Une habitude qui lui vient de sa mère. Mireille parle toujours du scénario du pire, de se préparer aux catastrophes. Ce n'est pas facile d'être optimiste quand on a été biberonnée au désastre immiment. Maya aimerait avoir une vision plus enjouée de l'existence. Par instants, ici et là, elle croit au bonheur. C'est peut-être comme ça que se déroule la vie adulte : des périodes de difficultés entrecoupées d'instants de bonheur. Le plus dur étant de garder espoir entre deux phases.

Mercredi matin, la bonne nouvelle tombe. Un SMS court et direct : « Maya, c'est bon, je me suis arrangé. On part au Vietnam ! (Émoticône d'un visage hyper souriant.) Envoie-moi tous les détails par e-mail. Ça va être la course jusqu'au départ. Merci encore. À très vite ! »

Elle est heureuse. Elle ne sera pas seule. Elle pourra partager. Elle peut maintenant songer à son départ et s'y préparer. Cette perspective lui inspire de l'engouement.

Son univers social s'est tellement rétréci depuis que la maladie s'est déclarée qu'elle craint de finir complètement seule. En même temps, elle redoute aussi la sociabilité frénétique dont elle faisait preuve naguère ; en fait, elle veut être entourée de quelques personnes avec qui elle se sent bien. Qu'ils soient ses remparts contre le monde, encore trop menaçant.

Et puis, elle a perdu des capacités physiques. Sa mémoire flanche régulièrement. Elle ne peut lire un texte de plus de dix pages sans avoir des migraines terribles. Son oreille interne la fait vaciller quand elle marche trop rapidement. Elle fond en larmes au moins une fois par jour. Soussan lui a prescrit des médicaments censés atténuer ces symptômes. Mais il n'y a pas de miracle. Ils font effet quelques heures, puis la machine infernale, sournoise et agressive se remet en route. Le seul remède durable sera que le temps fasse son œuvre, comme on dit. D'ici là, le voyage au Vietnam devrait servir d'onguent.

C'est le jour J. Baptiste est parti tôt pour résoudre une affaire.

La veille, ils se sont blottis près de deux heures dans les bras l'un de l'autre avant de s'endormir. Ils se sont caressés doucement et s'en sont contentés. Le sexe n'a jamais retrouvé sa place d'autrefois, avant la maladie. Ils étaient très demandeurs. Au lieu de passion, ils échangent des gestes de tendresse. Maya a toujours été très active sexuellement. Au-delà d'un témoignage d'amour, le sexe servait d'échappatoire physique après de longues journées de travail. Aujourd'hui, elle aime la langueur délicieuse de ces chastes caresses, elle les savoure. Elle s'abandonne aux bras de Baptiste. Elle lui a demandé plusieurs fois si l'absence de sexualité était un problème. Elle craignait sa réponse. Ou pire, qu'il lui dissimule ce qu'il pense vraiment.

Tous les hommes mentent quand il s'agit de sexe, c'est ce que les femmes de la génération de Mireille ont enseigné à leurs filles. Même si elle trouve absurdes ces préceptes d'une autre époque, Maya a du mal à s'en affranchir. Baptiste a nié éprouver un quelconque manque. Il a nié avec tant de détermination que Maya l'a cru. Il est sincère. Il lui voue un amour qui dépasse le désir physique. Il peut se passer durablement d'ébats sexuels. Son espace-temps est plein. Une plus faible activité au lit l'arrange même un peu, en ce moment. Il a plus d'énergie pour le reste. Les désirs du corps sont somme toute assez accessoires, pour les ambitieux.

Maya boucle sa valise et guette le taxi dans lequel Léo a déjà pris place. Ils fileront à l'aéroport côte à côte. Il est l'heure, le taxi est là. Elle ferme la porte de son appartement précautionneusement, vérifie deux fois comme à son habitude qu'elle est bien verrouillée. C'est parti.

Dans le taxi, ils parlent assez peu. Elle a le cœur débordant de gratitude. Pouvoir s'échapper deux semaines grâce au Cercle est une formidable surprise. Sans cette opportunité, elle n'aurait pas eu la force d'organiser un voyage. Elle est contente d'avoir choisi Léo pour l'accompagner. Les choses se goupillent bien, pour une fois. Elle se délecte de cette sensation de bien-être.

Léo est heureux, lui aussi. Il laisse derrière lui un boulot qui le dévore vivant, des dossiers épineux et un dragon toujours aussi sanguinaire. Ce voyage fait entrer la lumière dans son quotidien morose. Derrière ses sourires, il affronte des souffrances, comme tout le monde. Mais, contrairement à beaucoup de gens, lui n'en fait pas le sujet principal de son existence. Il considère que les obstacles ne sont pas en option. La vie vous réserve des périls, vous porte atteinte. C'est de série. Si vous n'acceptez pas ça et que vous êtes constamment en litige avec elle, vous ne vivrez jamais. Vivre, c'est renoncer à la naïveté. Léo a conscience de tout cela, du fait que vivre peut être aussi source de réjouissances. Il a l'intime conviction que la joie existe et nous élève.

Dans l'avion, ils engagent enfin la discussion, sur tout et sur rien. Sauf Smartminds. Dans le taxi, elle lui a demandé de ne pas l'évoquer du tout. Il n'en avait pas l'intention de toute façon. Il est là pour vivre une expérience inédite. Cette règle laisse le champ libre à des sujets très variés : livres, gastronomie, voyages, bien sûr.

Quand elle lui propose de lui prêter son guide sur le Vietnam, il refuse poliment. Il n'aime pas déflorer les lieux. Ces guides sont toujours biaisés, superficiels. Il déteste les rubriques du type « À voir ». Que voir dans une ville ? Les monuments renferment-ils vraiment l'âme d'une cité ? Voyager se réduit-il à barrer sa liste d'éléments à ne pas manquer, les mêmes pour tout le monde ? N'est-il pas préférable de s'asseoir à la terrasse d'un café et d'observer autour de soi, les sens en éveil ?

Maya n'a jamais vu les choses ainsi. Baptiste et elle suivent les recommandations des guides pour ne rien manquer, pour faire bon usage de leurs quelques jours de congé. Ils n'ont pas cette liberté de perdre leur temps, ou plutôt ils ne la prennent pas. Cette autre façon de faire lui plaît. Elle lui rappelle son enfance. Mireille et José n'avaient jamais de guides. Cela créait d'ailleurs des situations incongrues. Ils trouvaient porte close des châteaux, car ils n'en avaient pas vérifié les horaires. Ou alors ils se trompaient d'adresse et passaient un après-midi entier à tourner en rond. Maya sourit au souvenir de ces déboires sans conséquence.

Elle se sent bien et finit par s'assoupir. Quatorze heures de vol devant elle, sans connexion Internet, Léo qui roupille paisiblement à côté d'elle. Elle sent qu'elle peut lâcher prise.

Ils atterrissent à Hanoï le jour suivant. C'est l'époque de la transition entre la saison humide et la saison sèche. Un peu de bruine, un peu de soleil. Ce climat indéfini leur convient. Direction l'hôtel. Le Cercle a fourni un carnet de voyage où sont consignés tous les détails logistiques.

Leur hôtel se situe au cœur du vieux quartier, proche du lac Hoan Kiem, le « lac de l'épée restituée », ainsi baptisé d'après une légende du XVe siècle. Maya se régale dans cet environnement urbain et vert à la fois. Elle respire à pleins poumons cette nature luxuriante et inattendue au cœur d'une capitale si peuplée.

Après avoir pris possession de leurs chambres, il se retrouvent dans le hall de l'hôtel.

— Tu as faim ? demande Léo. On part à l'aventure ?

— À l'aventure ? Mais on risque de se perdre. Pour commencer, je préfère le bar de l'hôtel. Et de là on fait nos plans.

Il la taquine :

— Très bien ! L'aventure, ce sera pour un autre jour.

Dans le bar magnifique qui surplombe le lac, ils dégustent deux bo bun délicieusement garnis de crevettes et de porc au goût relevé, puis en dessert un chè à l'exquis parfum de lait de coco. De toute façon, tout a meilleur goût loin de chez soi. Notre attention est renforcée. Nos papilles plus accueillantes.

Maya mange comme un ogre. Ça fait des mois qu'elle n'a pas eu cette sensation d'appétit. Ça lui fait beaucoup de bien. Elle ose à peine se réjouir. Elle a l'impression que dès qu'elle progresse, la maladie viendra se venger. Elle a le triomphe modeste. Il arrive ce qu'il arrive.

Pendant le repas, elle instaure quelques principes de base. Ils déjeuneront parfois séparément pour faire des pauses. Elle se couchera tôt tous les soirs. En moyenne, s'endormir lui prend une à deux heures. Si elle se couche après minuit, elle dort mal. Léo n'a pas de besoin spécifique. Il lui fait simplement promettre d'être honnête avec lui : si quelque chose cloche, elle le lui dira sans hésiter. Il peut être maladroit, dit-il. Ils se tapent dans la main. Marché conclu.

L'après-midi, ils visitent plusieurs sites historiques d'Hanoï : le mausolée de Hô Chi Minh et sa maison sur pilotis, la pagode unipode de Môt Côt, le temple de la Littérature. Ils n'essaient pas de tout passer en revue, de tout lire. Maya s'imprègne des lieux. C'est sûr, elle ne se souviendra pas de tout, mais elle gardera deux, trois images inaltérables de chacune de ses découvertes. Léo fait comme elle. Il apprécie les déambulations, se laisse guider par son instinct, sa curiosité, et non par l'ambition de compléter son pedigree culturel.

Ils ne voient pas le temps passer et le soir tomber sur eux. Dans le taxi du retour, Maya ouvre WhatsApp. Baptiste lui a envoyé des émoticônes, des petits mots doux, lui demande des photos. Elle le sent impatient de recevoir des nouvelles. Elle réalise qu'elle ne s'est pas manifestée depuis qu'ils ont décollé de Paris. L'étranger vous aspire et vous fait oublier le cours de votre existence. Non que vous vous moquiez soudainement de votre vie quotidienne, mais c'est comme si elle se figeait, était mise sur pause. Maya écrit rapidement à Baptiste, même s'il ne verra probablement sa réponse que le lendemain, décalage horaire oblige. Elle signe « La rousse », c'est ainsi qu'il l'appelle quand il veut attirer son attention et qu'elle réagisse rapidement. C'est à son tour à elle de jouer.

Le lendemain, Léo et elle partent pour la baie d'Halong. Ils s'essaient au tai-chi sur le pont supérieur du bateau. Maya se surprend à apprécier les lents mouvements, leur précision. Ça n'a l'air de rien, mais ça exige un effort immense et, en même temps, c'est une activité très légère, sans précipitation. Délicieux mélange. Elle se dit qu'à Paris, elle continuera à pratiquer cette discipline millénaire.

La baie est mystérieuse, comme elle l'avait imaginé. Bercée par la voix de Léo, qui lui raconte l'histoire des lieux, elle admire les spectaculaires îles déchiquetées, les grottes, cavités et tunnels façonnés par la nature. Elle imagine les combattants de la guérilla nord-vietnamienne, qui dans les années 1950 se sont dissimulés dans ce dédale de pierres, pleins de peur et de rage, luttant pour leur liberté. Chaque fois qu'elle pense aux drames de l'histoire, son burn-out lui paraît terriblement grotesque. L'histoire banale d'une fille fatiguée qui n'a pas su dire halte-là à son travail. Elle perçoit le caractère pathétique de sa situation. Mais elle s'efforce d'être indulgente avec elle-même. Rien ne s'est déroulé comme elle l'avait prévu. En est-elle coupable ?

Au retour, ils s'arrêtent à la pagode But Thap, dite la « pagode de la Tour du pinceau », l'une des plus grandes pagodes bouddhistes du pays. Maya ne peut s'empêcher de faire une petite prière devant la statue aux mille yeux et mille bras.

Léo s'émerveille de tout, de l'extrême gentillesse des locaux, lui fait remarquer les moindres détails des paysages.

Il irradie de bonheur depuis le début de leur voyage. Maya est sensible à sa chaleur spontanée, ensorcelante. Il terrasse certains de ses démons, sans le savoir, simplement par son charisme et son ouverture au présent. Elle goûte à cette énergie et s'en sert pour savourer leurs découvertes et éveiller son imagination. En outre, Léo n'est pas envahissant. Ils ont trouvé le parfait équilibre entre liberté et partage. Elle se délecte de leur relation, qui lui permet d'être naturelle.

Le soir, le dîner est joyeux et calme à la fois. Les splendeurs de la journée exercent sur eux un charme durable. Ils discutent comme de vieux amis, familiers et complices, sans redouter le jugement de l'autre.

Après Hanoï, ils se rendent à Huê, l'ancienne capitale des Nguyen. Les jours filent, ils en prennent plein les yeux, et ne s'en plaignent pas.

Certains matins, Maya craint de ne pas réussir à marcher. Elle ressent des douleurs quand elle force trop. Mais la beauté des paysages et l'harmonie de ces jours de voyage effacent les tiraillements. Ce sont de véritables potions magiques, des remèdes au morne quant-à-soi.

Un jour, alors qu'ils se baladent dans un écovillage près de Hôi An, une modeste famille du coin demande à Maya ce qu'elle fait dans la vie. La question la bouleverse. Consultante à Paris ? Réponse ridicule face à ces agriculteurs qui ont le sens de la terre et des réalités. C'est quoi, au fait, un consultant ? Quelqu'un qu'on paie très cher pour dispenser ses savants conseils. Mais quelle prétention ! Trouve-t-on des consultants dans les rizières ? Maya finit par répondre qu'elle travaille dans une entreprise, sans plus de détails.

Puis ils visitent l'effervescente Saigon. La nuit, le jour, il n'y a pas de différence. Les vendeurs ambulants ne dorment jamais. Les embouteillages ne cessent que deux heures par jour à peine. Les places publiques bruissent de conversations affairées. Grâce à leur Vespa, Léo et elle peuvent rapidement aller d'un point à un autre. Et c'est utile car, cette fois, ils se sont fixé des objectifs. Maya a souri quand Léo a formulé les choses ainsi. Il l'a fait exprès. Il sait qu'autrefois elle était une femme pressée qui ne jurait que par sa *to-do list*. Le redeviendra-t-elle ? En attendant, il souhaite qu'elle réfléchisse à ce dont elle a vraiment envie. La poste centrale les enchante, de même que la pagode Giac Lam. Si seulement les églises européennes pouvaient être parées de ces vibrantes couleurs rouge et or.

Maya n'a jamais été croyante au sens strict, mais elle ne renonce pas à une part de mysticisme. Il y a trop de coïncidences étranges, de faits non rationnels, de rencontres fortuites qui ont du pouvoir sur nos vies. Un chef d'orchestre doit être en train de coordonner les accords de leurs existences. Léo, lui, est un athée convaincu. Pourtant, plus jeune, il est allé au catéchisme. Il lui raconte des anecdotes sur ses dimanches d'enfant de chœur. Depuis, il a perdu sa mère d'une maladie foudroyante et a cessé de croire. Il n'en veut à personne. Il pense juste que tout se décide ici-bas. Il n'y a pas de dieu, il n'y a pas d'au-delà. La vie est ce domaine qui ne s'explore qu'une fois et dont les frontières sont infranchissables.

Une croisière à bord du sampan le *Mekong Queen* marque, en beauté, la dernière partie de leur périple. Ils reprennent ensuite l'avion pour rejoindre Saigon.

C'est leur dernier jour déjà. La nostalgie prend le pas sur la joie du voyage. Maya a le cœur lourd. Ici, elle se sent guérie. Ses symptômes physiques ont diminué. Elle pense peu au dragon. Elle a le sentiment de pouvoir recommencer sa vie à zéro sans embûches. Retourner à Paris lui donne la sensation qu'elle va s'empêtrer sciemment dans une toile d'araignée. Pour échapper à la souffrance, elle voudrait pouvoir se réfugier dans l'avenir. Mais elle ne parvient pas à imaginer quelque avenir.

Léo perçoit son malaise. Mais il ne lui pose aucune question. Il ne croit pas pouvoir la consoler. Un jour, elle se sentira plus forte. Mais cela doit venir d'elle. Si elle a besoin de lui, il sera là.

L'occasion se présente pendant leur dernier dîner du voyage. Ils ont obtenu une table dans l'un des meilleurs établissements de la ville. Ils savourent un repas très condimenté, fort en senteurs et en saveurs : du bœuf épicé, des rouleaux de printemps au poulet cinq épices, des champignons sautés au gingembre.

Tout en dégustant un délicieux morceau de bœuf, elle aborde le sujet sensible :

— Ça te fait quoi de partir, Léo ?

— Pas plaisir ! Mais on n'a pas trop le choix. Et toi ?

— Je suis angoissée.

— Qu'est-ce qui t'angoisse ?

— Le retour. Mon congé maladie touche bientôt à sa fin. Je peux le prolonger, bien sûr, mais je me demande si c'est une bonne chose.

— Pourquoi tu hésites ?

— Tu vois, j'ai le sentiment que mon burn-out va durer des années. Pas aussi vivement qu'au début, mais ses traces sont pervasives. Elles ont attaqué mon cœur profondément. Même si en surface, je vais recoller les morceaux, je ne suis pas certaine de pouvoir m'en remettre sérieusement en quelques mois.

— C'est normal, non ? C'est un traumatisme.

— Oui, c'est normal, comme tu dis. J'aurai beau suivre mon traitement, c'est surtout le temps qui guérit les blessures, l'accumulation des jours où j'aurai repris confiance, que je sois chez moi ou dans un bureau. Au bout d'un moment, la confiance sera réinstallée. Être en arrêt ne va pas accélérer le processus de guérison.

— Ça me paraît très sensé !

— Tu crois ?

— Oui. En tout cas, c'est l'impression que ça donne. Si tu as les idées aussi claires, qu'est-ce qui t'angoisse ?

— Je crois que je dois retourner chez Smartminds.

— Tu y songes sérieusement ? Je veux dire, à y retourner ?

— Oui.

— Tu penses que les choses pourront être différentes ?

— Non.

— Ben alors... ?

— Tant que je ne sais pas ce que je vais faire après, je n'ai pas envie de me lancer. Je préfère retourner vers le connu en m'impliquant moins et en profiter pour réfléchir à la suite.

— Tu penses vraiment que le dragon a changé et que, par magie, tu vas pouvoir travailler moins ?

— Oui. Enfin, non, elle n'aura pas changé d'un iota. Mais moi, j'ai changé. Je crois que je saurai dire non. Et même si cela signifie adieu les primes, ça m'est égal. Je te parle de quelques mois de transition.

— Vu comme ça... ça tient plutôt la route. Donc, pas besoin de t'angoisser !

— Oui, en théorie. Bref. J'ai aimé ce voyage, Léo. Je vais en garder de merveilleux souvenirs.

— Je suis heureux de l'entendre. Pour moi aussi, c'est un voyage important.

— Ah oui ?

— Oui. D'abord, je vais démissionner à mon retour, c'est décidé !

— Quoi ?!

— J'hésitais depuis longtemps. Je ne te l'ai pas dit, mais obtenir mes congés a été une bataille presque sanglante. Leslie m'a envoyé des e-mails atroces dans lesquels elle tentait de me faire renoncer par tous les moyens. Ma dernière réponse n'a pas dû lui plaire.

— Tu lui as dit quoi ?

— Que je me moquais de son avis et que je posais ces congés, point final. Elle n'a pas répondu.

— Elle n'est pas très courageuse, en vérité.

— Oui, sans doute. Gilbert a accepté mes congés. Mais c'est elle qui a signé. Autant te dire qu'elle va me le faire payer au retour. De toute façon, je ne voulais plus de ce job. Je veux quitter Paris pour quelque temps.

— Ah ? Tu vas où ?

— Je ne sais pas encore.

— Tu pars seul ?

— Oui.

— Je pensais que tu avais quelqu'un dans ta vie ?

— Moi ? Non. Pas dernièrement. J'aide beaucoup mon père.

— Tu es trop occupé à sauver le monde ?

— Non. Je suis trop amoureux.

Elle est troublée. Mais ne pose pas de questions. Il ne poursuit pas sur le sujet.

— Maya, j'aimerais bien que tu m'accompagnes à l'autre bout du monde.

— Quoi ? Mais tu es dingue ?

— Non. Je suis persuadé que c'est ce dont tu as besoin. Une vraie coupure. Tu étouffes dans ton appart' du Marais, dans ta peur de prendre des risques. Il y a un univers parallèle où tu es libre, où ta vie est belle.

— Léo, je t'arrête tout de suite. Tes plans sur la comète sont tentants. Mais ils ne sont pas réalistes. J'ai travaillé dur pour avoir une situation stable. Je n'ai pas envie de tout recommencer.

— Stable, Maya ? STABLE ? C'est quoi, une situation stable ? Chaque jour identique au précédent ? Chaque jour, reproduire les mêmes gestes ? Mais la vie n'est *pas* stable. Tu as la chance que cela ait marché jusqu'à…

— Jusqu'à quoi ?

— Jusqu'à ton burn-out ! (C'est la première fois qu'une personne de son entourage à part le docteur Soussan prononce franchement le mot.) Celui-là, il a bien prouvé que la stabilité est une illusion et une hérésie.

Elle ne répond pas tout de suite.

— Il vaut mieux rentrer, Léo. Je suis fatiguée.

— Tu fuis ! Dis-moi que tu ne veux pas partir avec moi ! Dis-le-moi directement ! N'emprunte pas mille raccourcis !

— Léo, je veux rentrer.

— Maya, s'il te plaît.

— Léo, je ne fonctionne pas comme ça. Ton insistance me stresse.

Il change de ton :

— Je suis désolé. Tu as raison. Tu fais tes choix et je les respecterai toujours. Prends tout le temps. Sache simplement qu'existe cette possibilité que nous pourrions inventer la vie d'après, ensemble.

— On peut rentrer, maintenant ?

— Bien sûr. Je te laisse rentrer en taxi. Je vais marcher.

— Entendu. Rendez-vous demain matin à 8 heures dans le hall de l'hôtel ?

— Parfait, Madame. Bonne nuit.

Il a retrouvé son sourire.

Elle se lève et sort rapidement héler un taxi. Elle tripote son sablier dans sa poche droite, comme toujours. Ce geste la rassure et lui rappelle de ne jamais agir trop vite.

Arrivée à l'hôtel, elle prend une douche pour tenter de dissiper la tempête qui l'agite intérieurement. Cette tempête qui n'est ni de la peur ni de l'angoisse. Elle n'ose penser au mot. Lorsqu'elle sort de la douche, son téléphone portable vibre. « Désolé encore. Je ne voulais pas te faire de mal. Je t'ai écrit un e-mail. À demain. Léo. »

Elle se précipite pour ouvrir sa messagerie.

« Maya,

J'ai été maladroit, ce soir, et je te prie de me pardonner. Je t'ai demandé de partir avec moi, c'est fou. Et sincère, malgré tout. Mais je ne t'ai pas tout dit. Je ne souhaite pas que tu m'accompagnes comme une vieille copine ou une complice de voyage. Non, je veux être avec toi. Être pleinement. Être chaque jour. Dormir chaque nuit dans tes bras. Je n'ai rien calculé. Cette idée me trotte dans la tête depuis plusieurs mois. L'idée d'être avec toi. C'est ce que tu m'inspires. Je crois que je suis amoureux de toi, Maya.

Léo. »

Elle lit, relit. Elle n'ose penser au mot, mais il s'impose de lui-même malgré la peur. Désir. Elle est pleine de désir pour lui.

# Chapitre 20

Le lendemain matin, elle retrouve Léo dans le hall. Elle est mal à l'aise, évidemment. Comment pourrait-il en être autrement ? Pourtant, lui fait mine que rien n'est arrivé. Retour à la normalité. Sans doute attendait-il une réponse. Sans doute a-t-il interprété le silence de Maya comme une fin de non-recevoir. Elle est étonnée : il n'a pas l'attitude des grands mâles blessés. Il est toujours prévenant avec elle. Il est philosophe. Il intériorise, sûrement. Si ça se trouve, il pleurera en secret comme un gamin écorché vif une fois rentré chez lui.

Le vol retour passe vite. Ils dorment beaucoup, et cela accentue la coupure d'avec leur périple enchanté, cette bulle lumineuse et secrète. À l'aéroport de Roissy, après avoir récupéré leurs bagages, ils se disent rapidement au revoir et à bientôt. Elle se penche vers lui pour lui faire la bise, il lui caresse la joue rapidement et lui étreint l'épaule affectueusement. Mais rien de plus.

À la maison, Baptiste a posé une journée de congé. Extraordinaire événement qui n'a jamais eu lieu de toute leur vie commune. Elle lui a terriblement manqué. La réciproque n'est pas évidente. Elle lui a écrit tous les jours, elle a pensé à lui, sans ressentir la douce morsure du manque. Il la serre contre lui, son trésor revenu. Elle lui raconte ses meilleurs souvenirs.

Et elle lui annonce qu'elle va certainement retourner chez Smartminds le temps de se construire un nouvel avenir.

— Tu es sûre ?

— Oui, je pense que c'est la meilleure chose à faire. Je ne peux pas rester ici toute la journée. Au pire, je demanderai un temps partiel.

Le lendemain, elle annonce sa décision à Angie.

— Vous croyez que je fais bien ?

— Je vous ai donné un conseil une fois. C'était une exception. Voulez-vous y retourner ?

— Je crois, oui. J'ai renversé le sablier. J'ai attendu. Je l'ai senti.

— Alors, allez-y. Vous verrez bien. Au pire, vous vous arrêtez de nouveau.

Trois semaines plus tard, elle remet les pieds dans son bureau.

Jusqu'à la dernière minute, elle s'est demandé si elle en aurait la force. Le docteur Soussan lui a prescrit des pilules à prendre à des moments précis de la journée et certaines en cas de crise. Elle regarde le pilulier, flippée à l'idée d'en oublier une, ou de les confondre. Elle n'est sûre de rien. Se confronter au passé ravive son angoisse. Et si elle gifle Leslie en public ? Cette pensée l'effraye et, en même temps, ne lui déplaît pas. Elle en ressent l'envie animale, comme pour sauver l'espèce humaine d'un dragon meurtrier.

La première matinée est assez calme. Leslie est en voyage. Elle lui a envoyé un e-mail, d'une hypocrisie à vomir : « Bienvenue, Maya. Je suis contente de te revoir. Les dossiers du moment sont sur ton bureau. » Comprendre : « Bienvenue Maya, *mon esclave.* Je suis contente de te revoir *pour que tu travailles à ma place.* Les dossiers du moment sont sur ton bureau, *tu bouges ton cul et tu t'y mets.* » Maya essaie de se remettre dans le bain tranquillement.

L'après-midi, plusieurs collègues viennent la saluer. Il y a toutes les moues : l'air gêné, la mine solennelle, la larme à l'œil, le regard fixé sur les pieds. Personne, non personne, ne se comporte normalement. Même Gilbert, généralement sûr de lui, bafouille. *Il a commis un crime, ou quoi ?!* Maya est très mal à l'aise, elle hésite à rentrer chez elle. Mais non, si elle fait machine arrière, elle sait qu'elle ne reviendra plus.

Les bizarreries durent plusieurs jours. Elle s'y habitue et se fait une raison. La semaine prochaine, ils seront moins cons. Aucun d'entre eux n'a demandé comment elle allait. Ce qui serait naturel. Ce qui serait poli. Ce qui serait humain. Et, en plus, Léo n'est pas là. Elle n'a pas eu de ses nouvelles depuis leur retour du Vietnam et elle s'est bien gardée de le contacter. Il faut cautériser la plaie.

Le vendredi qui suit, Leslie est de retour. Elle l'appelle dès 10 heures.

— Maya, bonjour, c'est Leslie. Tu viens me voir, veux-tu ?

— Bonjour, Leslie. Oui, j'arrive dans dix minutes.

— Dix minutes ?

Maya ne l'a jamais fait attendre.

— Oui, je termine un e-mail.

— Entendu. (Le ton est aigre.) À tout de suite.

Maya aimerait être en train d'écrire un roman. Mais non, elle tape « bien cordialement » à la fin de son message, et elle sait qu'il est temps de monter les étages.

— Bonjour, Leslie.

— Bonjour, Maya. Assieds-toi.

Maya s'exécute.

— D'abord, je voulais te dire de vive voix que tu nous as manqué.

*Foutaises !*

— Merci.

— Dorénavant, je veillerai à ce que tu te sentes bien.

Maya est un peu décontenancée.

— C'est-à-dire ?

— J'ai demandé à Gilbert qu'il te reçoive une fois par semaine, plus souvent si nécessaire. Tu lui feras part de tes problèmes et nous trouverons ensemble une solution. Tu es un élément de valeur, Maya. Je ne veux pas te perdre, je te le dis franchement.

— Quelle sorte de problèmes ?

— Tout ce qui touche à ta vie chez Smartminds.

— Ça tombe bien. J'ai déjà une demande si tu en es d'accord.

— Oui ?

— Mon contrat est au forfait jours, pas aux trente-cinq heures. J'aimerais donc avoir plus de flexibilité quant à mes horaires. Globalement, c'est du 9 heures-20 heures, sans compter les soirées parfois et un week-end sur deux. Je veux simplement pouvoir souffler quelques heures dans la mesure où je fais mon travail correctement.

— Ça veut dire quoi, « quelques heures » ?

— Par exemple, pouvoir arriver à 11 heures si j'ai travaillé tard la veille, sans que cela crée de drame.

Leslie réfléchit.

— Je comprends la demande. Mais j'ai le regret de ne pouvoir y accéder.

— Mais pourquoi ?

— Parce que nos clients commencent à 9 heures, c'est tout !

— Oui, mais certains finissent à minuit. Je ne peux pas suivre leur rythme à tous.

— Et pourquoi donc ? C'est ce que tu as fait jusque-là, non ?

— Oui, mais c'était absurde. Je passais trop de temps à des choses inutiles. Je me suis épuisée. Et l'omniprésence n'est pas l'efficacité.

— C'est toujours non, Maya. Aujourd'hui, tu me demandes d'arriver à 11 heures, demain, tu exigeras tes vendredis.

— Tu n'es pas contente de mon travail ?

— Si, justement. Donc rien ne doit changer.

— Mais alors, ces rendez-vous hebdomadaires avec Gilbert... ce n'est que du vent ?

— Non. Demande-lui des choses raisonnables, c'est tout !

Coup de tête ou gifle ? Maya ressent une furieuse envie d'en venir aux mains. Elle pense à Baptiste et à ses parents. Elle se remémore ses beaux souvenirs du Vietnam. Non, ça n'en vaut pas la peine. *Maya, fais corps avec toi-même. Préserve ton intégrité.*

— C'est compris, Leslie.

— À la bonne heure ! Tout ira bien, ne t'inquiète pas. Je te laisse prendre connaissance de ces quatre dossiers. Embarque tout et prépare les notes de synthèse pour mardi prochain.

— Entendu. Je vois le dossier Elba sur le dessus. Qui en est en charge ?

— C'est Léo. Mais tu sais qu'il nous quitte.

— Quoi ? Non, je l'ignorais.

*Léo s'en va déjà ?!*

— Il solde ses congés et repassera lundi pour récupérer ses dernières affaires.

— Très bien. Je reprendrai Elba, donc.

Maya veut dissimuler l'émotion qui la submerge. Elle se lève et quitte l'antre du dragon, dans laquelle, pour sûr, elle n'aurait jamais dû revenir.

# Chapitre 21

Tout recommencer comme avant, hors de question. Cette première semaine chez Smartminds a été probante : il n'y a rien à sauver dans cette vie sans respect, sans joie de vivre.

Léo est repassé le lundi suivant, mais à l'heure du déjeuner précisément. Maya était sortie et elle l'a loupé. Elle est triste de la tournure qu'a prise leur relation. Elle aurait voulu que la déclaration de Léo n'ait pas de conséquences. Mais c'est impossible. Ce n'est pas ainsi que fonctionne le cœur des humains. Nos sentiments sont semblables à de grands feux portés par des vents contraires. C'est peine perdue que de croire réussir à les éteindre uniquement parce qu'on l'a décidé.

Maya poursuit sa route. Elle avance dans sa réflexion sur l'avenir. Elle a envie de travailler au contact des autres. Mais elle ne sait pas encore bien sous quelle forme. Elle en parle à Mireille, que les changements de cap paniquent. Elle ne comprend pas pour quelle raison sa fille, brillante consultante parisienne, ne change pas simplement d'entreprise. Ça réglerait le problème. La mère de Maya se focalise sur l'épiderme alors que tout se joue dans les couches plus profondes. Maya la connaît, donc elle s'en émeut peu. Elle sera téméraire parce que, pour une fois, elle ne suivra pas l'avis de sa mère. Ce sera un acte d'indépendance dans toute sa splendeur.

Les mois passent. Leslie Andersen veut faire croire qu'il y a du nouveau dès qu'une offre commerciale sort, qu'elle gagne un client de plus. En réalité, le quotidien chez Smartminds est toujours aussi dysfonctionnel.

Pour que des transformations s'opèrent, il faudrait que les mécanismes structurels qui organisent la vie de l'entreprise évoluent. Que la domination invisible qui règne soit jugulée. Qu'une révolution de palais ait lieu. Point de tout cela. Le dragon continue d'emmerder tout le monde et de faire perdre du temps aux plus zélés. Gilbert reçoit Maya dans son bureau une fois par semaine, sans réelle sollicitude. Elle rirait presque de ses questions stupides qui passent à côté de l'essentiel. Elle l'a déjà testé en lui demandant un télétravail le mercredi. Il a refusé parce que, dit-il, c'est le jour des enfants. Ah, mais il oublie un détail : Maya n'a pas d'enfants ! Et quand bien même elle en aurait, il verrait vite si elle profitait de cette journée pour changer les couches. Elle ne pourrait pas à la fois travailler ET changer les couches. Donc personne n'a rien à craindre, se dit-elle. C'est le principe qui fait qu'il refuse. Pas de confiance, aucune flexibilité. Maya se fane, face à tant de bêtise.

Souvent, elle pense à Léo. Son bureau de l'angle sud est désormais occupé par le type qui l'a remplacé. Un Breton au physique de jeune premier. Maya a déjà eu l'occasion de travailler avec lui. Il est sympathique, mais rien de comparable avec le sourire de Léo, sa bonne humeur, son don pour se simplifier la vie, pour simplifier sa vie à elle. Elle se demande où il est allé et ce qu'il fait de sa nouvelle existence. Elle meurt d'envie de le découvrir, mais elle n'ose pas lui écrire. Elle sait que la fin de leur voyage a brisé quelque chose. Et raccommoder des liens n'a jamais été facile. Elle ne sait pas comment s'y prendre et elle doute qu'il ait envie de retrouver leur complicité d'antan. Dans sa partition intime, pourtant, il lui manque une note. À la place, le silence s'est installé entre eux, et elle n'a pas l'audace de le rompre. Peut-être un jour, quand ses tempes seront grisonnantes, que les enjeux seront différents, elle osera.

Un matin de juin, alors qu'elle allume son portable, elle reçoit un SMS de Mireille : « Maya, appelle-moi quand tu peux. Maman. » Elle est intriguée. C'est rare que Mireille lui écrive pendant une journée de travail. Elle se dit qu'elle va la rappeler à la pause-déjeuner. Mais voilà, c'est le rendez-vous hebdomadaire avec Gilbert, et elle oublie le message. Le soir, en rentrant chez elle, elle y repense enfin et appelle sa mère. Injoignable sur son portable ! Injoignable à la maison ! Mireille n'a pas entendu la sonnerie, ça lui arrive souvent. Maya appelle José. Il ne répond pas non plus. Elle commence à se faire du souci. Elle retente sa chance plusieurs fois, en vain.

Plus tard, vers 21 heures, alors que Baptiste est rentré et qu'ils entament le repas, le portable de Maya sonne. Mireille !

— Allô, Maman ? Qu'est-ce qui se passe ?

Maya écoute attentivement. Baptiste devine que quelque chose d'inhabituel s'est produit. Elle a un demi-sourire presque inquiétant aux lèvres, comme si elle luttait pour ne pas paniquer.

— D'accord. Je viens. Ne t'en fais pas. Je t'embrasse fort, maman.

La conversation a duré cinq minutes, montre en main.

— Maya, ça va ?

— C'est papa.

— Quoi ?

— Il a eu un infarctus la nuit dernière. Il ne va pas bien. Je prendrai le premier train demain matin.

Maya repense à son rendez-vous avec Gilbert. À ce déjeuner absurde avec sa collègue Sandra. Le temps qu'elle ne consacre pas à ses parents alors qu'ils sont âgés et fragiles. L'attaque de José la rappelle à l'ordre : ils ne sont pas immortels.

Baptiste se lève et la prend dans ses bras, comme s'il pouvait absorber sa douleur. Elle se laisse enlacer et se met à pleurer, c'est trop insupportable et soudain.

Le lendemain matin, elle a à peine dormi. Baptiste a acheté les billets de train. Il l'accompagne. Il a rapidement préparé une valise avec quelques affaires, écrit à leurs employeurs respectifs et réservé le taxi à la gare. Elle est épuisée et se laisse guider par Baptiste tout au long du trajet.

Elle ne réalise la situation qu'une fois enfin à l'hôpital Saint-Loup, le grand hôpital d'Agde. Lorsqu'elle ouvre la porte de la chambre, Mireille l'accueille à bras ouverts. Elle a joué les fortiches, mais la pauvre femme est usée par ces deux jours d'inquiétude. L'arrivée de sa fille lui apporte un grand soulagement.

Maya s'approche du lit. José a des perfusions et des poches de liquide partout, sur le corps et autour de lui. Elle lui touche tendrement la main sans oser s'en saisir.

— Comment va-t-il, maman ?

— État stationnaire, mais le plus dur semble passé.

— Tu l'as su quand ?

— Il y a une demi-heure. Le médecin est venu. Il a échappé au pire. Il a été pris en charge à temps.

— Ils lui ont fait quoi ?

— Une opération à cœur ouvert. Mais je n'en sais pas plus. Je n'ai pas demandé les détails. Oh, Maya, j'ai cru le perdre !

Mireille se laisse aller. Les nerfs lâchent. Deux jours qu'elle se retient, car elle n'aime pas montrer ses sentiments en public. Mais la pudeur n'est plus la priorité. Baptiste lui prend la main et lui sourit gentiment.

Maya regarde son père et se rend compte qu'elle ne lui a pas dit « je t'aime » une seule fois ces derniers mois. Elle voudrait le lui dire, après avoir tremblé de ne plus jamais en avoir l'occasion. Le lui répéter des centaines de fois, le lui écrire, lui envoyer des émoticônes de cœurs. *Mon petit papa chéri.* Elle a hâte qu'il se réveille. Elle est impatiente de retrouver cet homme merveilleux qui lui a donné la vie et la respecte tant. La laisse libre de ses choix.

José se réveille lentement le lendemain. Il va bien, il est vivant.

Les jours qui suivent ne sont que câlins, embrassades, odes et célébration du présent. Même Baptiste est plus sentimental que d'ordinaire. Ses beaux-parents n'ont pas toujours été sa tasse de thé, mais il trouve que ce sont des gens formidables, dans leur style.

À la fin de la semaine, Maya et Baptiste doivent regagner Paris. Il a déjà recommencé à travailler, à distance. Elle a posé des jours de congé, mais ses dossiers l'attendent.

Papa va mieux. Elle a pu profiter de temps avec lui. Pour une fois, elle s'est patiemment assise pendant des heures à le regarder et à écouter ses histoires de jeunesse. L'épisode l'a fait replonger dans ses souvenirs. Elle n'a rien fait d'autre que de l'écouter, elle lui a consacré une attention absolue, n'a pas cédé à cette manie moderne de faire mille choses en même temps. Ça lui a fait du bien, à elle aussi.

Elle lui a montré le sablier, la façon dont elle l'utilise pour apaiser son agitation. Pour suspendre l'insignifiant, revenir à l'essentiel. Le Cercle lui inspire de si jolies choses. Il faudra qu'elle y retourne, un jour prochain. Hormis la carte du Vietnam envoyée à Roger, elle n'a pas donné de nouvelles. Elle redoute de rechuter au contact d'autres brûlés. Il est des moments où l'on fuit son semblable, de peur de ne jamais pouvoir être autre. On laisse derrière soi ce que l'on a été, sans se retourner, avec la cruauté des parvenus. *C'est égoïste,* se dit Maya. Mais bon, papa est en vie, c'est tout ce qui compte. Pour le reste, elle verra plus tard.

Les heures de train qui la séparent de la capitale allègent le fardeau de ses états d'âme. Le train a parfois cet effet. Chaque kilomètre nous rapproche d'une autre histoire. Nous nous libérons de certaines pensées, parfois momentanément, parfois pour toujours. Elle pense beaucoup à José. Son cœur s'envole. Il est sauvé. Ils pourront encore rire ensemble.

À côté d'elle, Baptiste écrit des e-mails. Il a été impérial. Il a aidé tout le monde sans en rajouter. Elle lui en est reconnaissante, mais elle ne le lui dira pas. Elle considère que c'est le rôle d'un compagnon d'être là dans les coups durs. Elle a toujours été agacée par ces femmes qui clament partout que leur mec est un héros parce qu'il leur a été fidèle ou les a soutenues dans les épreuves. C'est la moindre des choses, non ? Est-ce qu'une femme reçoit une médaille parce qu'elle a été présente pour son homme ? Alors, non, Baptiste n'aura aucune médaille, même pas une allusion. Mais quand elle se blottit contre lui dans ce TGV, en son for intérieur, à cet instant précis, c'est l'union sacrée.

Le retour à Paris se fait sans difficulté. Elle appelle José tous les jours après l'accident. Il est fidèle à lui-même et pourtant différent. Il a une gravité supplémentaire, un je-ne-sais-quoi qui le rend plus touchant. À chaque conversation, il semble remercier la Providence, sans la nommer directement. Maya adore l'entendre ainsi et voir Mireille aussi heureuse. C'est ça, la vie : se réjouir d'exister sans penser à demain, sans penser qu'on est éphémère. Ses parents ont oublié leur âge. Ils savourent ce qui auparavant leur semblait monotone et banal. Quel kif.

La semaine redémarre, et Maya n'est pas dans son assiette. Chaque soir, Baptiste la retrouve pensive et fermée. Il s'inquiète qu'elle rechute. Quand il lui demande où elle en est au bureau, elle répond de manière évasive. Il a le sentiment que quelque chose se trame en elle. Mais la porte est fermée, elle ne veut pas le laisser entrer. Il n'est pas invité. Il faut s'y résigner.

Plus de deux semaines après l'arrêt cardiaque de José, Maya lui envoie un SMS au milieu de l'après-midi : « Rentre tôt ce soir si tu peux. » « Pourquoi ? » « J'aimerais qu'on ait du temps pour nous. Maya. »

Si elle signe de son prénom, c'est qu'elle ne veut pas poursuivre par SMS. Baptiste traite un dossier urgent mais il accélère le rythme. Le mutisme dans lequel elle a été plongée va peut-être enfin se résoudre. Il se demande ce qu'elle va lui annoncer. Elle se remet en arrêt-maladie ? Pas grave. Avec tout ce qu'elle a à gérer, il comprend. Elle est enceinte ? Il hésite. Est-ce bien le moment ? Elle veut l'épouser ? Il sourit. C'est superflu, leur amour est solide, mais pourquoi pas ?

Tous les scénarios sont gérables. Baptiste est impatient de retrouver sa Rousse.

Quand il rentre à la maison quelques heures plus tard, Maya est assise sur le sofa. Elle a un visage tendu mais elle n'est pas perdue. Elle va lui dire une chose dont elle est sûre, il peut le deviner. Il a acheté quelques roses au fleuriste du coin. Il le fait souvent. Les roses ne sont jamais de trop, surtout dans les comédies romantiques.

— Ça va, ma chérie ?

— Oui. Installe-toi. Tu veux boire quelque chose ?

— Non, merci. J'avais hâte de te retrouver. Tu as un truc à me dire ?

— Baptiste, j'ai bien réfléchi, ces derniers jours, et j'ai pris deux décisions. Je suis retournée chez Smartminds parce que j'avais peur de l'échec, de ne pas être la superwoman que tout le monde admire. Je n'ai pas retenu la leçon du burn-out. Mais depuis mon père a failli mourir. Aujourd'hui, j'ai une furieuse envie de vivre.

— Et ?

— Je ne peux plus faire comme avant. Faire croire que je suis heureuse est plus exigeant que de tenter de le devenir.

— Tu n'es pas heureuse ? Enfin, je veux dire, tu ne te sens pas mieux, depuis quelque temps ?

— Pas vraiment, non.

— Mais qu'est-ce que je peux faire ?

— Justement. Rien.

— Comment, rien ?

— Baptiste, je t'adore. Tu es un compagnon fantastique. Tu es parfait en toutes circonstances. Je n'ai jamais connu quelqu'un comme toi.

— Merci, Maya. Mais c'est facile avec toi.

— Non, ce n'est pas facile du tout. Tu assures, Batou.

— Mais... ? Il y a un « mais », n'est-ce pas ?

— Mais... comment te dire. Je sais que ce que je vais t'annoncer va te blesser. Je sais que c'est totalement injuste. C'est pour cette raison que je vais aller droit au but. (Elle prend une grande inspiration.) Baptiste, je ne suis plus amoureuse de toi.

Elle le regarde dans les yeux. Elle prend sur elle pour maintenir son regard, mais elle lui doit au moins ça tandis qu'elle lui écrabouille le cœur.

— Quoi ?

— Je t'adore, je te respecte, je t'apprécie, oui. Passer du temps avec toi est un plaisir. Mais je ne suis plus amoureuse de toi.

— Tu crois vraiment que tu y vois clair dans tes sentiments en ce moment ?

— Oui, plus que jamais. Je n'ai plus peur de me perdre, de tomber, de m'écorcher. Tu compteras toujours dans ma vie. Mais... je ne t'ai pas dans la peau. Je ne suis plus capable de cet amour-là avec toi, Baptiste. La plupart du temps, je cherche à te plaire ou à te ressembler. Tu m'éblouis. Je guette ton jugement comme une bonne élève. Mais l'amour auquel je crois, lui, est simple et droit. Aucun de nous deux ne devrait être sur un piédestal.

— Maya, on peut se laisser du temps.

— Je suis désolée, ma décision est mûrement réfléchie.

— Mais qu'est-ce qui va se passer ?

— Je vais quitter l'appartement. Accorde-moi un mois pour m'organiser. Je veux aussi quitter ce job de malheur. J'ai connu le pire là-bas. Il est temps pour moi de faire ce que j'ai envie de faire.

— Et tu sais ce que c'est ?

— Oui. Je vais créer un centre pour les victimes du burn-out, notamment les jeunes. J'ai envie d'apporter de l'énergie à ceux qui s'effondrent. Je vais lever des fonds et chercher des mécènes. Je sais que ça a l'air dingue, mais c'est mon projet. Je veux le défendre, le faire grandir. Coûte que coûte, je lui donnerai ce que j'ai de plus précieux, de plus authentique.

— Maya... Je ne sais pas quoi dire.

Elle lui prend la main, tandis que tous deux sont empêtrés dans les regrets et la gêne.

— Ne dis rien. Ou plutôt si, dis-moi ce que tu as sur le cœur. Je me suis tant reposée sur toi, ces derniers mois. Je te remercie pour tout ce que tu as fait pour moi. Un jour, quand tu m'auras pardonné, tu pourras enfin compter sur moi si tu en as besoin.

Baptiste garde le silence, la tête baissée. Elle ne distingue pas l'expression de son visage. Quand il finit par relever les yeux, ils sont comme vidés de toute lumière, comme si le choc l'avait anesthésié. Pour la première fois depuis leur rencontre, Maya voit cet homme si digne s'écrouler au ralenti devant elle. Il pleure en silence.

# Chapitre 22

Maya tient parole. Un mois plus tard, elle quitte l'appartement et démissionne de Smartminds.

Sa rapidité n'a pas grand-chose à voir avec le courage. Elle a agi rapidement pour ne pas s'arrêter en chemin. Elle est absolument certaine de ressentir ce qu'elle ressent. Mais pas d'avoir la force d'en assumer les conséquences, si elle ne hâtait pas la marche des événements. Il fallait qu'elle s'ampute des deux parties qui ont été ses fondations, toutes ces années. Elles ne correspondent plus à ce qu'elle veut fondamentalement, mais il est difficile de se débarrasser des vieux réflexes, de renoncer à ses repères. Pour avancer, il fallait trancher dans le vif.

La démission de Smartminds a été un moment jouissif. Orgasmique.

Elle a rédigé soigneusement sa lettre. Comme tous les jours, Leslie l'a convoquée pour une raison quelconque, pour l'humilier ou la contrarier. Maya l'a d'abord écoutée parler, elle a acquiescé à chacun de ses mots. Elle s'est préparée à l'assaut. Virtuose de la chute, elle a prétendu tout faire tel que le dragon le souhaitait. Elle s'est ensuite levée pour quitter le bureau.

Au dernier moment, à la dernière seconde, alors qu'elle franchissait la porte, elle s'est retournée et a toisé Leslie sans rien dire.

— Quoi encore, Maya ?

Et là, bang, Maya a ajouté avec ironie :

— Juste une dernière chose, Leslie.

— Oui ?

— Je ne ferai pas tout ce que tu me demandes.

— Quoi ?

— Je ne ferai plus ce que tu me demandes.

— Maya, tu rechutes ou quoi ?

— Oui, je rechute.

— Tu as vu Gilbert, récemment ?

— Je le vois très régulièrement. Et je dois te dire que sa connerie abyssale est à la mesure de ton absence de discernement.

— Maya !

— Je te quitte, Leslie. Je te quitte comme tu m'as traitée. Sans regrets, sans remords. Tu manques trop d'originalité. Tu es de la race de ceux et celles qui sont creux, qui n'ont aucune consistance. Mais tu ne le supportes pas. Alors, tu te sens obligée de dépecer tes collaborateurs à l'arme blanche afin que la douleur que tu leur infliges te donne de l'importance. Mais tu n'es rien.

Pendant que Maya déballait tout, le dragon fulminait. Maya a poursuivi de plus belle :

— Tu n'es rien du tout. Lorsque tu seras vieille, tu seras profondément seule. Tu vivras dans la misérable solitude des vaniteux superficiels qui ont couru toute leur vie après ce qui brille avant de s'apercevoir, trop tard, qu'ils ont chassé un leurre. Ce goût de la vanité qui est le tien est une passion triste. Elle n'épargne rien, rien ne lui résiste non plus. Ta vie est déjà en lambeaux. Tu vis comme une morte. Mais le plus dur est devant toi. Ce sera le moment où tu vas t'en rendre compte. Adieu. Ne me contacte jamais. Et si tu t'avises de me poser problème, je te promets de rendre publics tes agissements. Je ne reculerai devant rien pour ruiner ta réputation. Tiens-le-toi pour dit. Jamais plus je ne supporterai ton inconséquence et le monstrueux gouffre qui a pris la place de ton cœur.

Le coup de grâce. Maya a asséné un coup de grâce à Leslie Andersen. Oui, elle aurait pu partir avec élégance, sur la pointe des pieds. Mais c'en était trop. Elle voulait rendre service. Marquer le dragon au fer rouge pour que celui-ci, peut-être, cesse de cracher du feu sur de pauvres innocents. La brûlure du burn-out est dévastatrice, elle se devait de sauver de futures victimes des attaques de cette sinistre femme.

Sans lui laisser le temps ou même l'envie de riposter, Maya lui a jeté sa lettre de démission à la figure et a quitté le bureau sans se retourner.

# Chapitre 23

Six mois. C'est un peu moins que le temps nécessaire à la gestation d'un enfant. C'est une éternité quand la vie change.

Le ciel d'été a aidé Maya à avancer. Elle a passé beaucoup d'heures dans les jardins de Paris à observer les lecteurs, les familles, les joggeurs, les dragueurs insolites et les amoureux éperdus. Elle a réfléchi à sa vie d'après en marchant.

Roger l'a épaulée. Elle est revenue une fois au Cercle et a demandé à le voir. Ils ont discuté de ses exploits, de ses projets. Roger était admiratif qu'elle ait eu la force de s'arracher aux griffes du passé. La situation était ardue, compliquée, mais elle n'était pas impossible à dénouer.

Le docteur Soussan et Angie ont aussi veillé au grain. Le burn-out est une maladie diabolique, comme tous les mécanismes qui tentent de nous détruire. Elle se fait plus discrète avec le temps, mais elle peut revenir nous saccager le corps et l'âme en quelques semaines. Chaque jour est une victoire et chaque jour est un combat.

Maya ne touche pas le chômage et vit donc sur ses économies. Elle a réussi à louer un studio très mignon du côté des Abbesses grâce à une collègue de Smartminds. Au début, elle ne voulait pas y aller. C'est le quartier du dragon ! Et puis, elle s'est dit qu'il fallait passer outre. Qu'elle n'allait pas renoncer à cause d'un fantôme du passé. Il fallait profiter de sa chance, enfin de son côté. Depuis qu'elle a pris ses décisions, elle a reçu énormément d'aide et d'attention de toutes parts. Des coups de pouce auxquels elle ne s'attendait pas mais qui la convainquent que l'univers conspire en sa faveur.

Au bout de six mois, elle sait assez clairement ce que sera son projet professionnel. Ouvrir un centre du Cercle en région ! Roger le souhaite depuis longtemps, mais il n'a jamais trouvé de candidat pour s'en occuper. Elle prépare activement un plan d'action pour lever des fonds et lancer l'association. Elle est excitée de quitter Paris, de retrouver la verdure et l'air pur, la mer, des ciels dégagés, un soleil de plomb, le rythme de la nature. Elle souhaite s'installer près de Grasse. Le burn-out frappe dans le Sud comme dans les autres régions du monde. Vivre plus heureux au soleil est un mythe. Le soleil adoucit les mœurs mais ne répare pas les traumatismes.

En ce dimanche de la fin août, elle revient du marché des Abbesses, les bras chargés. Elle se régale d'avance de son omelette aux œufs bios, agrémentée de persil frais et d'un peu de jambon. Elle prévoit d'y ajouter aussi quelques épices rapportées du Vietnam. Son secret de fabrique pour se rappeler ce délicieux périple.

Elle a faim. C'est assez récent que la faim se propage et soit aussi tenace. Il y a encore quelques semaines, elle ne parvenait pas à vraiment apprécier ses repas. Elle se nourrissait, c'est tout. Depuis le début de sa maladie, elle est passée de potelée à petit gabarit : elle a pris du poids puis perdu une quinzaine de kilos. Maintenant, elle paraît un peu plus âgée. Les rondeurs de l'adolescence ont été rongées par les épreuves de l'âge adulte.

Une fois chez elle, elle met de la musique, bat ses œufs puis les met à chauffer dans une poêle. On sonne à la porte. Elle n'attend personne. Et qui peut se présenter ainsi à sa porte sans la prévenir de sa visite ? Elle va voir et ouvre sans précipitation.

Il lui fait face. Son sourire.

— Léo !

— Maya, bonjour.

— Mais tu es là ? Tu es revenu ?

— Oui, la semaine dernière.

— Tu étais passé où ?

— J'ai bourlingué. Sur plusieurs continents. Mais me voilà !

— Comment tu as su que j'habite ici ?

— J'ai mes informateurs.

— Quoi ?

— C'est Sandra qui a vendu la mèche, chez Smartminds. Il faut dire que j'ai beaucoup insisté !

— Tu as fait comment pour entrer dans l'immeuble ?

— J'ai fait comme tous les types tenaces : j'ai attendu des heures qu'un voisin ouvre ! On n'a rien sans rien, M'dame.

— Arrête, on dirait un psychopathe à mes trousses !

Elle se rend compte qu'ils parlent sur le pas de la porte. Elle hésite à l'inviter à entrer mais finit par s'y résoudre.

Sur la plaque électrique, l'omelette est en train de cramer.

— Oh, mince. Bon, tu veux entrer ?

— Voilà une invitation très spontanée ! se moque-t-il. Mais dis donc, ça sent le Vietnam, ici.

Elle essaie d'éviter que le plat ne soit totalement carbonisé.

— Oui, oui ! Excuse-moi, je m'occupe de ça !

— Pas de souci. De toute façon, je ne veux pas te déranger. J'étais simplement venu te saluer et voir si tu allais bien.

Elle coupe la partie brûlée de l'omelette et dépose la moitié intacte dans un grand plat.

— Tu veux manger un peu ?

— Un peu, alors !

Elle découpe une part d'omelette puis lui tend l'assiette et les couverts. Il s'en saisit avec avidité, comme un type mort de faim. Il en dévore une bouchée sans la regarder, puis revient à elle.

— Bon, comment vas-tu, Maya ?

— Ça va ! Beaucoup de choses ont changé, comme tu le vois.

— C'était difficile de faire ces changements ?

— Oui au départ. Et puis, une fois que tu as un pied dans la porte, tu t'engouffres et tu sais que tu ne reculeras plus. J'étais triste de quitter mon compagnon. Triste de devoir renoncer à certains petits plaisirs de Smartminds. Mais sur eux reposait le mensonge de toute une vie. Et puis ils m'ont conduite à une destruction intérieure.

— Ton compagnon aussi ?

— À partir du moment où la personne qui t'est le plus proche ne comprend pas ce qui t'arrive alors même que c'est ton identité qui vacille, tu as un problème. Mais je n'ai pas envie de parler de lui. Et toi, alors ?

— Je suis en forme, Maya. J'ai vécu des expériences magiques, à l'autre bout du monde. J'avais besoin de t'oublier, de me désintoxiquer de toi.

— Comme tu y vas ! Je suis une drogue ?!

— Pire. Tu es un antidote !

— Un antidote à quoi ?

— À la morosité, à la norme. Il y a une fantaisie indescriptible chez toi. Tu donnes de l'équilibre à des mondes opposés.

— Ah…

— C'est comme ça que je te vois.

— J'aime bien la façon dont tu me vois, Léo. Je ne sais pas si c'est moi. Mais c'est moi telle que tu l'inventes. Et c'est beau d'être inventée par d'autres… tant que l'on sait rester soi-même.

— C'est joli, ce que tu dis.

— Merci.

Elle n'ose plus le regarder dans les yeux. Chaque fois qu'ils se parlent, leur complicité réapparaît. C'est comme ça, il n'y a rien à faire, ça n'a pas disparu. Il sent son trouble et prend les devants :

— Bon, c'est pas tout ça, Maya, mais il faut que je parte. J'ai beaucoup à faire, ces jours-ci. Je ne veux pas non plus m'imposer.

— Tu ne t'imposes pas ! Je t'ai invité !

— Certes. Tu sais ce que tu vas faire dans les mois à venir ?

— Oui, je vais partir dans le Sud et ouvrir un centre pour des victimes du burn-out. J'ai bien réfléchi et j'ai vraiment envie de faire aboutir ce projet.

— C'est génial ! Je peux venir ?

— Oh arrête de déconner, Léo !

— Je ne déconne pas.

— Mais si, tu déconnes. Le monde t'attend, Léo. Tu vas le bouffer, tu as tellement d'appétit.

— Cesse de me parler comme si tu étais ma grande sœur. Je crois que tu n'as toujours pas compris. J'ai envie de t'embrasser.

Elle se sent toute petite.

— Léo, tu n'as pas changé. Tu es toujours aussi direct.

— Et toi, tu ne changes pas non plus, Maya. Toujours aussi indirecte. (Il garde le silence quelques secondes.) Allez, je file. On s'appelle.

Ils se lèvent.

— Entendu. Prends soin de toi.

— Toi aussi, ma petite.

Il sort en souriant.

Maya va ouvrir le frigo à la recherche d'un dessert. Puis renonce. Elle revoit Léo, son sourire encore, son regard perçant, ses épaules anguleuses, sa peau brunie par plusieurs mois de bourlingue au soleil. Elle éprouve soudain une envie irrépressible, une envie qu'elle aurait niée face à quiconque lui en aurait parlé jusque-là : *Moi aussi, j'ai envie de l'embrasser. En fait, je veux l'embrasser depuis longtemps.* Ce baiser prend toute la place. *Avoue-le, Maya. Tu le veux, cet homme. Tu le veux pour toi.*

Elle est terrifiée à l'idée de louper un carrefour de sa vie, de ne pas savoir choisir, de ne pas oser se lancer, par lâcheté, par conformisme, et de ruiner définitivement ses chances d'accéder au bonheur.

*Non, c'est trop cliché ! Tu ne peux pas faire ça, Maya !* Elle tourne en rond dans l'appartement, va chercher son sablier, le retourne, le pose sur la table. Elle patiente. Mais pour une fois, elle n'a pas besoin d'attendre que tout le sable soit écoulé. Elle sait ce qu'elle veut, et tant pis si elle a l'air d'un personnage dans une mauvaise comédie romantique.

Elle sort comme une folle dans la rue, elle le cherche, elle le veut, elle en est persuadée.

Quelle direction a-t-il pu prendre ? Montmartre est vaste, Montmartre est le labyrinthe où, dit-on, pleurent les cœurs brisés de Paris. Elle va vers le Sacré-Cœur en haletant, elle est apeurée, elle est si vivante. Tout est possible, tout est à découvrir dans ce chapitre encore inédit.

Tout à coup, elle le voit. Sa blondeur, ses épaules, sa démarche nonchalante.

Elle court plus vite. Glisse la main sur sa nuque. Il s'arrête. Il a compris. Quand il se retourne, il l'embrasse, elle, la femme qu'il aime et qui le reconnaît enfin comme son égal. Leur baiser est impétueux, ils ont attendu si longtemps. Ils se touchent avec ardeur aux endroits de leurs corps que le regard des passants ne condamnera pas. Cette étreinte est faite pour durer.

# Épilogue

— Tu es sûr ? Tu peux t'en occuper ?

— Mais oui ! Je suis majeur, tu sais !

Elle rit.

— O.K. De toute façon, je serai là vers 22 heures.

— Aucun problème. Demain, je ne vais pas au bureau, je serai en télétravail. Donc zen, ma femme. Tu y vas et tu profites. Tout se passera bien. Je ne mettrai pas de whisky dans le biberon !

— Arrête !

— Tu veux que je te dise ?

— Quoi ?

— Je t'aime.

Elle l'entoure de ses bras et l'embrasse.

— Je t'aime aussi.

Depuis deux ans, Maya et Léo vivent à Grasse. Elle dirige le Cercle des brûlés du travail Antenne Sud et a déjà levé presque 500 000 euros. Il travaille dans une entreprise de bois où il aide à structurer l'activité.

Simone, leur fille, est née il y a quatre mois.

Mireille et José sont toujours très bavards. Et amoureux l'un de l'autre.

Angie veille au grain. Maya et lui continuent de se parler une fois par semaine au téléphone. Elle a appris récemment par Roger qu'Angie a dirigé le Cercle des brûlés du travail de Paris pendant dix ans.

Le docteur Soussan écrit souvent à Maya. Quand il passe dans le Sud, il leur rend visite.

Audrey est toujours une brillante avocate, célibataire. La plupart du temps, elle est heureuse et a plein de projets. Elle ne se laisse jamais abattre. Elle trouvera l'amour quand elle sera prête. Elle se moque bien des conventions.

Baptiste est célibataire. Il songe à lancer sa propre entreprise. Il progresse sur le chemin de ses choix.

Maya n'est pas complètement guérie. Les souvenirs sont tenaces. On ne tire pas de traits définitifs. Son corps a inscrit dans sa mémoire physiologique la chute et ses rebonds. Elle utilise son sablier chaque jour pour méditer ou décider des meilleures routes à prendre.

Rien ne sera jamais comme avant. Mais elle est enfin à sa place. Revenue du burn-out, rescapée des faux-semblants, elle s'épanouit en pansant les blessures des brûlés du Cercle. Et dans l'amour de vérité avec Léo, l'amour de sa vie, choisi, accueilli, désiré tel qu'il est.

# Guide pratique pour être à l'écoute de ses véritables besoins

Ce guide ne prétend pas à l'exhaustivité. Il n'a pas vocation à remplacer une démarche médicale. Il est conçu pour éclairer la notion de burn-out et ce qu'elle recouvre, ainsi que pour soulever des questions qui, nous l'espérons, vous seront utiles. Il s'appuie sur l'humour et le bon sens autant que sur des lectures d'experts. Il a l'ambition de vous aider à rester authentique en toutes circonstances !

# CHAPITRE 1

**Le burn-out peut d'abord se manifester par les symptômes physiques suivants :**

- Le mal de dos.
- Un manque de motivation, même au retour de vacances.
- Une profonde lassitude.

Plutôt que de vous forcer à aller travailler alors que vous n'avez aucune énergie et que quelque chose ne va pas, n'hésitez pas à consulter un médecin : revenir de vacances et être déjà fatigué n'est pas normal. Vous pouvez aussi poser une journée de congé pour ne pas avoir à vous soucier des réactions de vos collègues.

# CHAPITRE 2

**Quels sont les ressentis typiques d'une personne au bord du burn-out :**

- Vous avez honte de votre comportement et vous craignez le regard des autres. C'est classique, car les victimes du burn-out sont souvent des personnes extrêmement impliquées dans leur travail et qui y accordent du prix. Dès lors, elles vivent d'autant plus mal leur situation et ressentent plus fortement les difficultés.
- Vous essayez de vous motiver coûte que coûte, comme si vous étiez un guerrier ou un sportif de haut niveau, alors que vous êtes extrêmement las et fatigué.

**Ce qui peut vous aider :**

- Soyez sincère avec votre entourage. Si vous n'arrivez pas à parler, partagez vos émotions par écrit. L'écriture aide : pensez à utiliser un cahier sur lequel vous notez ou dessinez ce que vous ressentez sur le moment.
- Si vous sentez que vous étouffez littéralement et que vous manquez d'énergie pour pratiquer une activité physique soutenue, commencez par marcher 15 minutes sans vous arrêter et sans répondre au téléphone. Pratiquer un peu de yoga peut aussi être efficace pour libérer vos tensions.

# CHAPITRE 3

Certains managers sont toxiques et peuvent menacer votre équilibre. Ayez conscience que, quoi que vous fassiez, vous ne parviendrez pas à améliorer la situation. Le problème est en eux et vous ne pouvez pas le régler à leur place.

**Comment repérer un manager toxique ?**

- Il ne vous inspire pas la confiance, mais la crainte ou la défiance. Vous ne vous sentez jamais à l'aise en sa présence.
- Il vous assigne des objectifs inatteignables, le plus souvent en accordant de faibles moyens.
- Il n'est jamais satisfait et vous reprend sur des détails de moindre importance. Il n'exprime aucune reconnaissance.

**Comment lui résister ?**

- Ne le ménagez jamais : exposez-lui votre point de vue, poliment. S'il vous est trop difficile de le faire par oral, écrivez-le-lui par e-mail.
- Si ses mots ou attitudes dépassent les bornes, exposez sereinement que vous ne l'acceptez pas. Bien souvent, les managers toxiques sont peu courageux et s'en prennent à des personnes qui n'osent pas les contredire. Si vous apprenez

à lui tenir tête, il y réfléchira à deux fois avant de s'attaquer à vous.

- Essayez de comprendre pourquoi il vous fait peur et quels mécanismes de défense (évitement, colère, etc.) vous mettez en œuvre pour y faire face.
- Utilisez cette phrase lorsqu'il vous dit des choses blessantes : « Pourquoi me dites-vous cela ? »

# CHAPITRE 4

- Un travail qui vous oblige à vous isoler en permanence et à rompre vos liens sociaux et amicaux est à remettre en question.
- Un travail épanouissant ne vous force pas à constamment sacrifier votre temps de repos ou de loisir. A minima, accordez-vous un moment de relâche quotidien : lire le journal, appeler un proche, écouter une chanson, regarder par la fenêtre, faire une pause-déjeuner ou prendre un café.
- Vouloir prouver au monde entier que vous êtes compétent est une perte de temps. Selon la fameuse loi de Pareto, 20 % des efforts permettent d'obtenir 80 % du résultat. La difficulté est de définir où s'arrête l'effort gagnant. Et donc de se questionner régulièrement : « Ce à quoi je consacre du temps actuellement est-il vraiment essentiel pour atteindre l'objectif fixé ? »

## CHAPITRE 5

- Dans le très beau texte *Propos sur le bonheur*, le philosophe Alain nous invite à « chercher l'épingle » chez notre interlocuteur, c'est-à-dire à chercher, au-delà des apparences, pour quelle raison il se comporte de telle ou telle manière.
- Lorsque quelqu'un vous impressionne ou vous fait peur :
  - Comparez-le à un personnage de roman et étudiez les traits de caractère de ce personnage. Cette distanciation vous permettra de désacraliser votre interlocuteur et de mieux cerner à qui vous avez affaire.
  - Efforcez-vous de ne pas modifier votre façon d'être habituelle. Si vous ne parvenez pas à refuser quelque chose à la personne en question, dites « je ne sais pas » ou « je verrai ».

Pour comprendre l'autre, il est indispensable de mieux se connaître soi-même. Pour ce faire, vous pouvez vous appuyer sur le « Process communication model », la méthode développée par Taibi Kahler dans les années 1970. Ce psychologue américain a distingué six types de personnalité, chacun ayant sa propre manière de communiquer avec les autres : l'empathique, le travaillomane, le persévérant, le rêveur, le rebelle et le promoteur. Savoir quel est votre type dominant vous aidera à mieux gérer votre stress.

## CHAPITRE 6

- Passer du temps avec ses proches est essentiel. Le faire à un moment qui n'est pas opportun pour vous est générateur de stress.

Voici quelques « trucs » lorsque vous partez en week-end en famille ou avec des amis :

- Faites le trajet le samedi matin, cela vous évitera de boucler vos dossiers en catastrophe et de courir le vendredi soir.
- Partez les mains vides et achetez le cadeau sur place.
- Ne prévoyez pas de travailler plus d'un tiers de votre séjour. Si c'est impossible, c'est que votre séjour tombe au mauvais moment. Dans ce cas, repoussez-le.
- Gardez en tête que vous ne pouvez pas tout faire pour vos proches ou guérir leurs traumatismes. Ce n'est pas en donnant plus (de temps, d'attention, etc.) que l'on donne bien. C'est en donnant mieux, c'est-à-dire en prenant soin de soi aussi dans la relation. Toute relation déséquilibrée sombre tôt ou tard dans la frustration, la rancœur et la souffrance.

# CHAPITRE 7

Dans nos moments de crise, souvent, nous nous tournons vers l'action. Nous voulons agir pour que ça passe vite. C'est généralement une mauvaise idée.

**Le burn-out sera moins violent si :**

- Vous acceptez de reconnaître que quelque chose n'est pas normal.
- Vous vous attachez à identifier les symptômes.
- Vous ne tirez aucune conséquence immédiate de ces symptômes et n'essayez pas d'opérer des changements radicaux à votre vie (démission, déménagement, etc.) d'emblée.

Dans ces moments, la méditation dite de « pleine conscience » ou « Mindfulness » peut être un outil précieux. Elle vous aidera à rester concentré sur l'instant présent de manière calme et la plus objective possible.

Vous pouvez aussi prendre votre météo interne : qu'est-ce que je ressens ? Dans ma tête ? Dans mon corps ? Qu'est-ce que je pense ? Quels sont les éléments (personnes, faits) qui ont déclenché cet état ? Quelles sont mes réactions à court et moyen terme ?

# CHAPITRE 8

Le burn-out peut être défini comme un « épuisement physique, émotionnel et mental qui résulte d'un investissement prolongé dans des situations de travail exigeantes sur le plan émotionnel* ».

Si l'épuisement se manifeste généralement du jour au lendemain, il s'installe dans votre vie sournoisement. Mais vous pouvez vous en prémunir en identifiant quelques signes :

- Vous acceptez tout, alors que vous êtes mécontent ou que votre environnement de travail n'est pas en phase avec vos valeurs. Savoir dire non est le premier rempart contre le développement latent du burn-out.
- Vous faites preuve de cynisme. Vous devenez négatif, détaché ou êtes sur la défensive sans raison valable. Vous mettez une barrière entre vous et les autres, en les déshumanisant. Ces réflexes vous permettent de tenir debout alors que vous vous sentez de plus en plus fragile.

---

* Wilmar B. Schaufeli et Esther R. Greenglass, « Introduction to special issue on burnout and health », *Psychology and Health*, OPA (Overseas Publishers Association), 2001, volume 16, p. 501-510.

Si vous éprouvez ces symptômes, parlez-en autour de vous, a minima à votre famille, et ralentissez votre rythme. Assurez-vous d'avoir pour vous et vos proches au moins une soirée sur deux dans la semaine, et de vous reposer au moins une journée sur deux dans le week-end.

# CHAPITRE 9

Le sens du devoir est noble, mais il devient encombrant quand il prend le dessus sur vos besoins véritables. Faire preuve de loyauté à l'égard de votre manager n'inclut pas d'être invisibilisé si vous avez accompli l'intégralité du travail. Ne pas être « crédité » pour une mission est acceptable seulement si votre manager et vous en avez discuté au préalable et l'avez décidé d'un commun accord.

Pour éviter d'être mis aux oubliettes, vous pouvez adopter ce réflexe : dès le lancement d'un projet, posez la question de ses débouchés et de la visibilité de chaque porteur de projet.

Si vous constatez que l'on vous oublie trop souvent, mentionnez en entretien d'évaluation que c'est un point bloquant pour vous. N'oubliez pas que les talents sont difficiles à recruter. Tout manager digne de ce nom n'a pas envie de les voir partir trop vite.

# CHAPITRE 10

En situation de crise personnelle hors des démarches de justice, rechercher le coupable est une réaction courante. Pourtant, elle ne résout que rarement le problème. D'abord, parce qu'il est rarement juste d'incriminer un seul coupable. Les responsabilités sont souvent partagées. Ensuite, parce que l'identification du ou des coupables, si elle soulage, n'apporte pas de solution.

En cas de crise, concentrez-vous donc sur la solution. Pour vous y entraîner, imaginez-vous muni d'un outil vous permettant de réaliser tous vos désirs. Que demanderiez-vous alors ? De quoi avez-vous besoin pour réussir ? Cette simple question vous aidera à trouver des idées.

# CHAPITRE 11

Le syndrome de l'imposteur est répandu, en particulier chez les femmes. Il désigne le comportement de personnes qui ont de quoi être fières de leur parcours professionnel mais qui, intérieurement, se croient illégitimes et ont peur que les autres s'en rendent compte.

Ce syndrome se forge dans l'enfance et vient du besoin de ressembler à une figure admirée (souvent le père ou la mère) dont les accomplissements nous semblent inatteignables.

**Deux pistes pour s'en prémunir :**

- Acceptez les compliments. Exercez-vous à les recevoir avec un sobre merci, à défaut de ne pouvoir en dire plus si vous vous sentez gêné.
- Une fois par mois, notez vos petites ou grandes victoires professionnelles. Lorsque vous avez atteint une dizaine de victoires, célébrez-les en faisant quelque chose qui vous plaît : dîner avec des amis, acheter et lire un roman, essayer une nouvelle activité sportive, etc. Entretenir ainsi l'estime de soi vous permettra de reconnaître vos propres qualités.

# CHAPITRE 12

Pour tenir bon pendant les épreuves et relativiser ses difficultés, il est important de prendre de la distance face aux événements.

Il n'existe pas de recette magique pour y parvenir, mais vous pouvez vous prêter à ces quelques exercices :

- Imaginez qu'une situation donnée est une pièce de théâtre. Définissez les rôles, le vôtre inclus, décryptez les interactions, imaginez les scènes futures. Cet exercice vous aidera à comprendre ce qui est en jeu, et que ce qui se produit ne vous définit pas. C'est un moment de votre vie.
- Souvenez-vous que vous êtes une toute petite part de l'univers. Un beau moyen pour ce faire : « l'overview effect ». Recherchez ce terme sur Internet et savourez. Nous n'en dirons pas plus pour vous laisser la surprise.

# CHAPITRE 13

Guérir d'un burn-out demande du courage et la remise en question des réflexes comportementaux souvent ancrés depuis longtemps. Il faut oser découvrir de nouvelles voies.

**Vous pouvez favoriser ce lâcher-prise en vous demandant :**

- Sur quoi je veux lâcher prise et pourquoi ?
- À quoi me sert ce dont je veux me débarrasser ? En quoi cela m'a-t-il été utile jusqu'à présent ?
- Quels sont les risques si je ne change rien ? À quoi vais-je devoir renoncer ?
- Si je lâche prise, en quoi ma vie professionnelle va-t-elle s'améliorer ?
- Par quoi vais-je le remplacer ?
- Quel pourrait être un premier pas simple, facile à mettre en œuvre pour y parvenir ?

# CHAPITRE 14

Pour connaître vos véritables besoins, il est important de savoir percevoir aussi ceux des autres. L'écoute active, technique héritée des travaux du psychologue américain Carl Rogers, aide à décoder derrière un discours la dimension non verbalisée et à décrypter les émotions et sentiments d'autrui.

**Elle repose sur plusieurs principes, dont notamment :**

- Excluez toute tentative d'interprétation des propos de votre interlocuteur et rejetez vos idées préconçues.
- N'interrompez pas votre interlocuteur, questionnez-le, amenez-le à préciser sa pensée si celle-ci est trop générale ou abstraite.
- Adoptez une posture ouverte (par exemple, évitez de croiser les bras) et faites des gestes (par exemple, des hochements de tête) qui manifestent que vous êtes impliqué dans l'échange.
- Soyez neutre et aussi bienveillant que possible dans vos interventions.

# CHAPITRE 15

La vie est un espace-temps limité pendant lequel des choix s'imposent. Bien gérer votre temps est donc indispensable pour répondre à vos besoins prioritaires.

**Voici des idées pour mieux maîtriser le temps :**

- Au moins une fois par semaine, départez-vous de tout compteur de temps (montre, horloge, etc.) pour quelques heures.
- Si vous êtes en retard alors que vous avez fait votre maximum, détendez-vous, pardonnez-vous s'il y a lieu et cessez de vous tourmenter inutilement.
- Vous êtes fatigué et vous avez un peu de temps devant vous ? Faites quelque chose de non productif, mais qui vous fait terriblement plaisir !
- Pratiquez l'exercice du sablier, qui peut vous accompagner efficacement dans vos prises de décision.

# CHAPITRE 16

Être à l'écoute de vos véritables désirs ou, au contraire, vous laisser guider par ceux des autres n'est pas une question de hasard. Cela se travaille et se dose afin de trouver un équilibre entre vos besoins et l'empathie pour les besoins des autres.

**Comment savoir si vous écoutez en priorité vos désirs ou ceux des autres ? Pour le déterminer, posez-vous ces questions :**

- Au travail, faites-vous souvent ce que l'on attend de vous ou êtes-vous plutôt force de proposition ? Suivez-vous le mouvement en général ?
- Dans quelles situations faites-vous primer l'avis d'autrui sur le vôtre ? En quoi suivre l'avis des autres s'est-il avéré un avantage pour vous ? Quand cela vous a-t-il desservi ? Pour quelle raison ?

Faites l'exercice pendant trois mois et prenez des notes. À l'issue de cette période, vous devriez avoir mieux compris ce qui vous motive dans vos choix. Si vous décidez de suivre un coaching spécialisé sur ce sujet par la suite, le coach se fondera sur ces indications pour vous proposer des pistes d'amélioration.

# CHAPITRE 17

Trop souvent, notre cerveau imagine des situations qui ne se produiront pas et qui nous détournent de nos besoins.

Chaque fois que se produit une situation qui vous angoisse, essayez de lister au moins trois faits objectifs qui indiquent que la situation est grave ou qu'elle va s'aggraver. Si vous n'y parvenez pas, c'est peut-être qu'elle n'est pas si grave.

Vous pouvez aussi maîtriser votre anxiété en imaginant quelle serait la pire conséquence de la situation en question. Bien souvent, même le pire n'est pas dramatique, vous verrez. Essayez !

# CHAPITRE 18

Écouter ses désirs va de pair avec leur expression. Or il n'est pas toujours facile de les exprimer en temps réel, quand vous êtes face à quelqu'un qui vous blesse ou, au contraire, en présence d'une personne qui vous comble de bonheur.

De temps en temps, vous pouvez vous adonner à l'exercice oral du « discours de vos désirs » : consacrez 1 à 3 minutes pour exprimer à voix haute vos pensées, sans filtre. Vous pouvez préparer ou improviser votre discours, le faire seul ou en présence d'amis. Cet exercice a au moins deux effets positifs : vous libérer de vos émotions négatives et vous autoriser à verbaliser des idées qui vous hantent.

# CHAPITRE 19

Les voyages sont des espaces de liberté pour l'âme. Souvent, ils révèlent des sentiments enfouis et vous rapprochent de vous-même.

Voyagez autant que possible, même à deux pas de chez vous, et accordez-vous des moments d'évasion sans guide, au hasard de vos pas.

Et si vous ne pouvez pas voyager, lire des histoires du monde entier dans des guides de voyage ou des romans peuvent aussi vous permettre de découvrir des parts de vous-même. N'hésitez pas à noter à chaque lecture ce qui a retenu votre attention.

# CHAPITRE 20

Les organisations professionnelles et leurs dirigeants attendent de leurs équipes des réponses, plutôt que des problèmes.

Si vous êtes mal à l'aise avec une situation professionnelle, il sera souvent plus efficace pour la résoudre de :

- La décrire à votre manager sans noircir le tableau.
- Proposer immédiatement les solutions que vous souhaiteriez voir appliquées. Au pire, ça marche !

# CHAPITRE 21

Quel que soit le domaine, aucune rupture n'est facile. Mais ce sont les ruptures qui permettent les commencements. Ce sont les ruptures qui libèrent de l'espace pour vivre de nouvelles aventures.

Il n'y a pas de manière parfaite de rompre, si ce n'est que les deux partenaires se témoignent du respect l'un à l'égard de l'autre jusqu'au bout.

Vous pouvez prendre exemple sur le merveilleux livre de Sophie Calle *Prenez soin de vous*. L'artiste a demandé à 107 femmes célèbres de répondre à un e-mail de rupture qui leur était adressé.

# CHAPITRE 22

Quand vous vous en sentirez capable, exprimez – quel que soit le moyen (par écrit ou oral) – aux personnes qui vous ont fait souffrir en quoi elles vous ont fait souffrir.

Vous contribuerez peut-être à ce qu'elles évitent de reproduire leurs erreurs. Nos silences sont les complices des dérives du monde. Ne gardons pas nos révoltes pour nous, rendons-les utiles.

# CHAPITRE 23

Dans la vie, la volonté seule ne garantit pas la réussite. Celle-ci dépend aussi parfois du moment opportun.

Cela renvoie à la notion du kairos. Le kairos n'est pas le temps linéaire (*chronos*, en grec), mais le temps de l'instant. C'est le temps dans votre cœur, celui de votre ressenti.

Le dieu grec Kairos est généralement représenté par un jeune homme avec une touffe de cheveux sur la tête. Quand il passe près de vous, vous pouvez :

- Ne pas le voir.
- Le voir mais ne rien faire.
- Le voir et tendre la main pour saisir sa touffe de cheveux ainsi que l'opportunité qui vous est offerte.

Pour vous accorder avec vos désirs, pensez à votre kairos !

# Au-delà du texte, pour aller plus loin

**Pour mieux cerner votre personnalité, intéressez-vous :**

- À l'analyse transactionnelle. Créée par le médecin et psychanalyste Éric Berne en 1958, elle pourra vous aider à mieux prendre conscience de ce qui se joue ici et maintenant face à des managers toxiques, et face à des personnes de votre entourage.
- Au MBTI (Myers Briggs Type Indicator). Cet outil d'évaluation permet de définir votre type psychologique dans des cadres liés au management ou aux conflits interpersonnels, suivant une méthode proposée en 1962 par Isabel Briggs Myers et Katherine Cook Briggs.

**Pour déterminer si vous souffrez de burn-out, vous pouvez consulter :**

- Le questionnaire d'autoévaluation le plus reconnu aujourd'hui, le MBI (Maslach Burnout Inventory). Il se décline en deux versions en accès libre en ligne : l'une qui concerne les professions de soin uniquement et l'autre qui concerne la population générale au travail.

- Le site Souffrance et travail. Il contient énormément d'informations en accès libre sur le burn-out, des outils pour vous en sortir, et un questionnaire d'autodétection pour les cliniciens et les patients.

**Parmi les meilleurs rapports en français sur le sujet, disponibles en ligne, vous pouvez consulter :**

- « Syndrome d'épuisement professionnel ou burn-out. Mieux comprendre pour agir », *Guide d'aide à la prévention*, de l'INRS en partenariat avec l'ANACT (Agence nationale pour l'amélioration des conditions de travail) et le ministère du Travail, 2015.
- « Repérage et prise en charge cliniques du syndrome d'épuisement professionnel ou burn-out », *Fiche mémo*, de la HAS (Haute Autorité de santé), 2017.

À noter que l'OMS (Organisation mondiale de la santé) a reconnu le burn-out comme maladie dans sa classification officielle pour la première fois en mai 2019.

# Quelques livres pour réfléchir et rebondir après un burn-out

Anthony, Léonard ; Chaboche, Adrian, *Fatigue. Et si on apprenait vraiment à se reposer*, coédition Flammarion/Versilio, Paris, 2018 : un texte très éclairant sur l'apprentissage du repos, par un médecin et un éditeur.

Haig, Matt, *Rester en vie*, traduit de l'anglais (Royaume-Uni) par Samuel Sfez, Philippe Rey, Paris, 2016 : les élucubrations tragicomiques de Matt Haig, 24 ans, souffrant d'anxiété et de dépression. Dans un style remarquable et jamais complaisant, le récit nous fait vivre un quotidien de combats, de difficultés et de grands espoirs.

Noguez, Dominique, *Comment rater complètement sa vie en onze leçons*, Rivages Poche, Paris, 2004 : un texte à l'humour décapant pour réfléchir à ce que signifie rater ou réussir sa vie.

Selly, Aude, *Quand le travail vous tue. Histoire d'un burn-out et de sa guérison*, éditions Maxima, Paris, 2013 : le témoignage poignant d'une victime.

Senk, Pascale, *Mon année haïku. Un poème et sa méditation chaque jour pour être plus présent à la vie*, Leduc.s Éditions, Paris, 2017 : formidable texte pour savourer la poésie du haïku chaque jour et apprendre à ralentir.

# Remerciements

Un grand merci aux éditions Leduc.s, en particulier à Liza et à Sandrine, qui m'ont fait confiance et m'ont entourée de leur bienveillance et de leur expertise dans ce chemin d'écriture. Merci aussi à Bleuenn pour son regard précis et son exigence.

J'exprime ma gratitude à toutes les personnes généreuses et touchantes qui m'ont raconté leur burn-out et permis de mieux comprendre ce qui était en jeu. Je remercie aussi de tout cœur les soignants qui accompagnent les victimes au quotidien et les aident à reconstruire leur vie.

Enfin, merci à ma petite fille pour m'avoir accompagnée tout au long de cette aventure de création.

ROMANS BIEN-ÊTRE

## DANS LA MÊME COLLECTION, AUX ÉDITIONS LEDUC.S

Augustin est psychothérapeute. Il travaille sur un nouveau projet ayant pour thème le pardon, mais, malgré ses efforts, il ne parvient pas à avancer dans l'écriture. Que se passe-t-il ? Quel frein le retient ? Est-il lui-même capable de pardonner ?

Manon, l'une de ses patientes, a bien du mal, quant à elle, à ne plus en vouloir à son père, à sa sœur et à son mari.

Alors qu'ils cheminent, l'un et l'autre, sur la voie du pardon et qu'ils se libèrent peu à peu de tout ressentiment, le destin va les mener à découvrir qu'ils sont peut-être plus liés qu'ils ne le croient…

Achevé d'imprimer en août 2019
sur les presses de la Nouvelle Imprimerie Laballery
58500 Clamecy
Dépôt légal : août 2019
N° d'impression : 906278

*Imprimé en France*

La Nouvelle Imprimerie Laballery est titulaire de la marque Imprim'Vert®